SCIENCE FICTION

Herausgegeben
von Wolfgang Jeschke

Ein Verzeichnis weiterer Bände dieser Serie
finden Sie am Schluß des Romans.

STARFLEET KADETTEN

STAR TREK

PATRICIA BARNES SVARNEY

LOYALITÄTEN

Star Trek®
Starfleet Kadetten
Band 18

Deutsche Erstausgabe

WILHELM HEYNE VERLAG
MÜNCHEN

HEYNE SCIENCE FICTION & FANTASY
Band 06/6518

Titel der amerikanischen Originalausgabe
LOYALTIES
Deutsche Übersetzung von Uwe Anton

Umwelthinweis:
Dieses Buch wurde auf chlor- und
säurefreiem Papier gedruckt

Redaktion: Rainer-Michael Rahn

Erstausgabe by Pocket Books/Simon & Schuster Inc., New York

http://www.heyne.de
Printed in Germany 1999
Umschlagbild: Pocket Books/Simon & Schuster Inc., New York
Innenillustrationen: Todd Cameron Hamilton
Umschlaggestaltung: Atelier Ingrid Schütz, München
Technische Betreuung: M. Spinola
Satz: Schaber Datentechnik, Wels
Druck und Bindung: Ebner Ulm

ISBN 3-453-14901-7

Für Helen, Billy und den Bären

STARFLEET-Zeittafel

2264 Beginn der Fünfjahresmission der *USS Enterprise NCC-1701* unter Captain Kirk.

2292 Die Allianz zwischen dem Klingonischen Imperium und dem Romulanischen Reich zerbricht.

2293 Colonel Worf, Großvater von Worf Rozhenko, verteidigt Captain Kirk und Doktor McCoy bei ihrem Prozeß wegen Mordes am klingonischen Kanzler Gorkon.
Friedenskonferenz zwischen dem Klingonischen Imperium und der Föderation auf Khitomer [Star Trek VI].

2323 Jean-Luc Picard beginnt die vierjährige Ausbildung an der Starfleet-Akademie.

2328 Das Cardassianische Imperium annektiert Bajor.

2341 Data beginnt die Ausbildung an der Starfleet-Akademie.

2342 Beverly Crusher (geb. Howard) beginnt die achtjährige Ausbildung an der Medizinischen Fakultät der Starfleet-Akademie.

2346 Massaker der Romulaner auf dem klingonischen Außenposten Khitomer.

2351 Die Cardassianer erbauen im Orbit um Bajor eine Raumstation, die sie später aufgeben werden.

2353 William T. Riker und Geordi LaForge beginnen die Ausbildung an der Starfleet-Akademie.

2354 Deanna Troi beginnt die Ausbildung an der Starfleet-Akademie.

2356 Tasha Yar beginnt die Ausbildung an der Starfleet-Akademie.

2357 Worf Rozhenko beginnt die Ausbildung an der Starfleet-Akademie.

2363 Captain Jean-Luc Picard tritt das Kommando über die *USS Enterprise, NCC-1701-D* an.

2367 Wesley Crusher beginnt die Ausbildung an der Starfleet-Akademie.
Zwischen den Cardassianern und der Föderation wird ein unsicherer Waffenstillstand geschlossen.
Angriff der Borg im Sektor Wolf 359; unter den Überlebenden sind Lieutenant Commander Benjamin Sisko, Erster Offizier der *Saratoga*, und sein Sohn Jake.
Die *USS Enterprise-D* besiegt das Schiff der Borg im Erdorbit.

2369 Commander Benjamin Sisko tritt das Kommando über Deep Space Nine im Orbit um Bajor an.

Quelle: *Star Trek Chronology* von Michael und Denise Okuda

1

Beverly Howard war *nicht* gut gelaunt.

Sie knirschte mit den Zähnen, als sie daran zurückdachte, was an diesem Morgen alles passiert war. Zuerst konnte sie ihren Kommunikator nicht finden. Dann mußte sie sich zwischen ihr Bett und den Schreibtisch quetschen, um an einen heruntergefallenen Datenchip für das Seminar ›Geschichte der Krankheiten‹ heranzukommen. Bei der Klassenarbeit konnte sie sich nicht mehr daran erinnern, in welchem Jahr auf dem Planeten Obi VI die Plasmapest ausgebrochen war. Zum krönenden Abschluß gab der Professor viel mehr Hausaufgaben als erwartet auf und überzog den Unterricht dann auch noch um fünf Minuten.

Und jetzt versuchte sie, vor der nächsten Unterrichtsstunde in der Mensa hastig ihr Mittagessen herunterzuschlingen, wobei sie ungläubig ihre Zimmergenossin Claire Voy anstarrte.

»*Was* willst du?« brachte Beverly zwischen zwei Bissen heraus.

»Ich habe gesagt: Warum schwänzen wir nicht?« erwiderte Claire.

Beverly schüttelte ungläubig den Kopf. Sie hatte Claire im Transportfahrzeug auf dem Weg zur Starfleet-Akademie kennengelernt. Die beiden Kadetten hatten nicht geahnt, daß sie ein Zimmer teilen würden. Bald stellte sich heraus, daß sie viel gemeinsam hatten. Beide waren auf der Luna-Kolonie geboren, auf dem Mond der Erde. Beide hatten ihre Kindheit auf einer Reihe verschiedener Planeten verbracht. Und beide wollten Ärztin werden.

Aber in ihrer äußeren Erscheinung unterschieden sie sich radikal voneinander. Beverly war mittelgroß und schlank. Sie hatte langes, glattes rotes Haar und helle Haut. Claire war ein gutes Stück kleiner als Beverly und etwas untersetzt. Ihre Haut war dunkler, und ihre Augen waren genauso schwarz wie ihr kurzes, glattes Haar.

Beverly hörte auf zu essen und starrte ihre Mitbewohnerin an. »Schwänzen?«

»Schwänzen«, wiederholte Claire nickend. »Aber es ist für einen guten Zweck.«

»Einen guten Zweck?«

»Bev, du wiederholst alles, was ich sage«, meinte Claire und senkte frustriert den Kopf. »Du kennst doch die archäologische Ausgrabung in Alt-San Francisco, am Rand des Akademiegeländes?« Beverly nickte. Seit etwa einem Jahr legten Archäologen mehrere Gebäude frei, die bei einem schweren Erdbeben vor zwei Jahrhunderten beschädigt worden waren. Gestern hatte die ganze Akademie von nichts anderem als dem großen Einsturz bei der Ausgrabung gesprochen: Ein Teil des Gebietes war in der vorherigen Nacht eingebrochen. »Ich habe mit einem Studenten im dritten Jahr gesprochen, der bei der Ausgrabung hilft. Sie öffnen heute einen Teil des Bereichs, der durch den Einsturz zugänglich geworden ist – und es ist ein Krankenhaus aus dem einundzwanzigsten Jahrhundert!«

»Ein Krankenhaus?«

»Bev, du tust es schon wieder!«

Sie verstummten, als ein Kadett sich dem Tisch näherte. Beverly wartete, bis er vorbeigegangen war. »Claire, wir können nicht einfach so den Unterricht schwänzen«, fuhr sie eindringlich flüsternd fort, »und erst recht nicht terranische Anatomie. Wir wiederholen heute für die nächste Klassenarbeit, weißt du noch?«

Claire strich eine Locke ihres kurzen, dunklen Haars zurück, die sich auf ihre Stirn verirrt hatte. Sie lehnte sich zu Beverly herüber. »Ja, ich weiß. Aber, Bev, wir beide kennen das menschliche Skelett in- und auswendig. Wir beide haben die besten Noten in der Klasse ... Na ja, bis auf Dewley Breech, natürlich. Wir tun was für unsere Bildung«, flehte Claire sie an, »und, Bev, es ist ein Krankenhaus, nicht nur irgendein verschimmeltes altes Steinhaus.«

»Ich finde verschimmelte alte Steinhäuser eigentlich ganz interessant«, erwiderte sie und lächelte ihre Zimmergenossin schelmisch an. »Ich bin in einem groß geworden.«

»Du weißt genau, wovon ich spreche.«

Beverly wandte sich wieder dem Essen zu. »Du bist verrückt, Claire. Warum schlägst du mir nicht gleich vor, ein Shuttle zu stehlen und nach Alpha Centauri zu fliegen?«

Claire nahm sich einen Bissen Nudeln von ihrem Teller und zeigte dann mit ihrer Gabel auf Beverly. »Das kommt morgen dran. Also wirklich, Beverly, es wird deinem Ruf bei Starfleet nicht schaden, wenn du mal eine Stunde ausfallen läßt. Ganz bestimmt haben sogar die ruhmreichsten Kadetten von Starfleet hin und wieder den Unterricht geschwänzt.«

Beverly rümpfte verächtlich die Nase. »Ich bezweifle doch sehr, ob James T. Kirk so etwas getan hätte.«

»Wollen wir wetten?« erwiderte Claire. »Wovor hast du eigentlich wirklich Angst? Daß deine Großmutter davon erfährt?«

Beverly wußte, daß Claire recht hatte. Sie hatte in der Tat Angst davor, daß ihre Großmutter davon erfahren könnte, wenn sie den Unterricht schwänzte – aber sie hatte noch viel mehr Angst davor, ihre Großmutter zu enttäuschen.

Sie hatte das komfortable Haus ihrer Großmutter auf Caldos IV vor gerade mal gut drei Wochen verlassen. Nach dem Tod ihrer Eltern hatte ihre Großmutter sie aufgenommen. Sie hatten in verschiedenen Föderationskolonien gelebt, wo ihre Großmutter sich als Heilerin und Ärztin um Kranke gekümmert hatte. Beverly hatte von ihrer Großmutter alles über Kräuter, Heilen und Medizin gelernt.

Da sie in der Nähe der wilderen Waldgebiete der Kolonien lebten – damit ihre Großmutter die Heilkräuter sammeln konnte –, wurde Beverly gelegentlich auch von anderen in den umliegenden kleinen Siedlungen unterrichtet. Eine großgewachsene Vulkanierin, die sich in einer der Kolonien mit Computern beschäftigte, brachte Beverly Mathematik bei. Auf einem anderen Planeten erlernte sie drei Sprachen von dem Botschafter Neu-Britanniens. Aber das meiste lernte sie von ihrer Großmutter – von Erdgeschichte bis hin zu allen Naturwissenschaften. Sie brachte Beverly auch einiges über das Leben bei, und wie man anderen das Leben rettete. Indem sie ihre Großmutter beobachtete, wußte Beverly eins schon mit zwölf Jahren ganz genau: daß sie Ärztin werden wollte.

Die Starfleet-Akademie war nicht Beverlys erste Wahl gewesen. Ursprünglich wollte sie eine der besten medizinischen Hochschulen besuchen, entweder die New Johns Hopkins- Universität auf der Erde oder sogar das Hadley Rill-Hospital in der Luna-Kolonie. Aber schließlich überredete ihre Großmutter sie, es an der Starfleet-Akademie zu versuchen. Wo sonst konnte Beverly eine medizinische Ausbildung bekommen und dabei auch noch so viele verschiedene Rassen aus der ganzen Galaxis kennenlernen – und die Abenteuer erleben, nach denen sie sich, wie ihre Großmutter wohl wußte, so sehr sehnte? Beverly befürchtete, daß die Starfleet-Akademie zu schwierig für sie sein würde. Ihre Großmutter traute ihr zu, sich in einer derart fordernden Umgebung zu behaupten.

Aber das Vertrauen, das ihre Großmutter in sie setzte, war nicht der einzige Grund für Beverlys Schuldgefühle. Da war noch etwas. Die Tragödie in der Föderationskolonie Arvada III lag nun schon einige Jahre zurück. Sie hatte damals mit ihrer Großmutter auf jenem Planeten gelebt. Sie hatten es sehr schwer gehabt, aber sie hatten überlebt. Nun wohnten sie auf Caldos IV, und sie fühlte sich schuldig, weil sie ihre Großmutter im Stich gelassen hatte, um zur Akademie zu gehen – obwohl es doch ihre Großmutter gewesen war, die sie dazu ermutigt hatte.

»Deine Großmutter erinnert mich an Mrs. Oner«, riß Claire Beverly aus ihrer Gedanken. »Du weißt schon, die Frau, der das kleine Café direkt neben dem Campus gehört. Gute Köchin, lieb, kann gut zuhören – du solltest mal mit dahin kommen. Sie macht das beste Essen in diesem Teil der Galaxis mit allen möglichen exotischen Kräutern und Gewürzen. Sie macht sogar einen Apfelkuchen nach einem dreihundert Jahre alten Erdrezept.«

»Vielleicht kriegt sie ein besseres Gringle Dash hin«, sagte Beverly und schob ihren Teller weg. »Das aus diesem Replikator schmeckt wirklich fürchterlich.«

»Gringle Dash – das hat dir doch deine Großmutter immer gekocht, wenn du dich mies gefühlt hast, oder?«

Beverly biß sich auf die Lippe und nickte.

»Wie heißt deine Großmutter eigentlich?« fuhr Claire fort.

»Felisa«, sagte Beverly mit einem schwachen Lächeln. »Nach ihrer Ururgroßmutter Felisa Walker, der Ärztin bei der ersten Nordpolexpedition auf dem Mars.«

»Über die habe ich mal was gelesen, in *Marsmedizin*.«

»Marsmedizin?« wiederholte T'Kavar, als sie sich unbefangen auf den Platz neben Claire setzte. »Ist das noch Pflichtlektüre?«

Beverly hatte die drei jungen Kadetten zuerst gar nicht bemerkt, die an ihren Tisch gekommen waren. Zwei von ihnen, die Zimmergenossen Imto Partigle und Dewley Breech – waren außer Atem. Beverly zweifelte nicht daran, daß es ihnen schwerfiel, mit ihrer Begleiterin mitzuhalten, der schlanken und langbeinigen Vulkanierin T'Kavar.

»Nein, mach dir keine Sorgen, T'Kavar«, antwortete Beverly seufzend. »Claire und ich unterhalten uns gerade nur über frühere Leben.«

1995

»Über wessen früheres Leben?« fragte Imto wißbegierig. Der Arkturianer zeigte plötzlich großes Interesse daran, die Unterhaltung fortzusetzen. Beverly vermutete, daß er etwas plaudern wollte, um zu verschnaufen. Andererseits war ihr auch klar, daß er sich, wie alle Arkturianer, durch ausgeprägte Neugierde auszeichnete. Sie mußte lächeln, als sie sich an ihre erste gemeinsame Unterrichtsstunde erinnerte. Imtos Hand war ständig oben gewesen, um auf etwas hinzuweisen oder etwas zu fragen. Äußerlich war der Arkturianer klein, mit blasser Haut, die sich von den schwarzen und weißen Strähnen seiner Haare abhob. Er hatte hohe Backenknochen und ein spitzes Kinn. Aber am auffälligsten an ihm waren die großen, rabenschwarzen Augen unter den buschigen, weißen Brauen.

Und wo Imto war, da war sein Mitbewohner Dewley Breech in der Regel nicht fern. Er war groß und dünn, und die unzähligen Sommersprossen in seinem Gesicht paßten gut zu seinen kurzen, roten Haaren. Beverly mochte Dewleys ansteckendes Lächeln und die Tatsache, daß er praktisch zu jedem Thema etwas zu wissen schien. In einem Augenblick konnte man mit ihm über die Feinheiten des Warpantriebs sprechen, im nächsten darüber, welche Mannschaft im Jahr 2014 die amerikanische Baseballmeisterschaft gewonnen hatte.

»Also, unser jetziges Leben wird nicht besonders angenehm sein, wenn wir uns jetzt nicht aufmachen«, erinnerte Dewley die anderen. Er nahm seinen Minicomputer aus der Tasche. Seine Finger flogen über die Sensorfläche des Geräts. Er las die Anzeige auf dem kleinen Bildschirm. »Nächster Halt: Einführung in die terranische Anatomie. Wir müssen alle Knochen eines dreidimensionalen menschlichen Skeletts benennen können.«

»Und ich nehme an, du weißt schon, wie alle Teile heißen?« fragte T'Kavar, wobei ihre ohnehin schon hohen vulkanischen Augenbrauen sich noch ein Stückchen hoben.

Er lächelte die dunkelhaarige Vulkanierin an. »Natürlich«, antwortete er in einem Tonfall, der keinen Zweifel zuließ. Er wandte sich Beverly und Claire zu. »Und habt ihr beide daran gedacht, daß der Unterricht heute zehn Minuten früher beginnt? Mit anderen Worten, in drei Komma sechs Minuten?«

Beverly stand auf und ging zum Recycler. Sie blickte zurück und sah, daß Imto und Dewley der Vulkanierin zügig aus der Mensa folgten. Als Starfleet-Kadetten im ersten medizinischen Ausbildungsjahr befolgten sie gewisse Regeln und Anweisungen. Eine Regel besagte, weder zum Unterricht noch sonst irgendwohin zu laufen. Wenn ein älterer Kadett ein Erstsemester beim Laufen erwischte, hielt er ihm eine knappe Rede – einen ›Warpantrieb-Vortrag‹, wie die älteren Studenten es nannten. Wenn eine Lehrkraft einen übermäßig eiligen Kadetten erwischte, mußte der eine lange Rede ertragen, die Dewley ›Impulsantrieb-Vortrag‹ getauft hatte.

Ohne Bedauern beobachtete Beverly, wie ihr noch halbvoller Teller Gringle Dash im Recycler verschwand. Auch Claire stellte ihr Tablett in das Gerät und beugte sich zu ihrer Zimmergenossin herüber. »Also, Bev«, flüsterte sie, »kommst du nun mit?«

Beverly nagte geistesabwesend an ihrer Unterlippe. Sie wußte, daß sie nicht schwänzen sollten.

Aber Claire hatte recht: Sie hatten drei Tage lang terranische Anatomie gebüffelt und kannten jetzt jeden einzelnen Knochen im menschlichen Körper. Weil sie gewußt hatte, daß sie Medizin studieren wollte, hatte Beverly genaugenommen schon vor Jahren selbständig alles gelernt, was es über das menschliche Skelett zu wissen gab.

Außerdem gefiel ihr die Idee, als eine der ersten die neuesten Fundstücke bei der archäologischen Ausgrabung in Alt-San Francisco zu sehen. Und schließlich schwänzten sie den Unterricht ja tatsächlich, um etwas für ihre Bildung zu tun. Ihre Großmutter hätte sicherlich nichts dagegen einzuwenden, daß man mehr über Medizin lernte.

»Ach, na gut«, sagte Beverly mit einem verkniffenen Lächeln. »Wenn ich nicht mit dir gehe, gerätst du wahrscheinlich noch in Schwierigkeiten.«

»Das ist die Bev, wie wir sie kennen und lieben«, erwiderte Claire. Sie legte den Arm um Beverlys Schultern, als sie die Mensa verließen.

Beverly schluckte trocken und hoffte, daß der Nachmittag besser sein würde als der Morgen.

2

Beverly wurde es niemals leid, über das Akademie-Gelände zu gehen. Das ›Presidio‹, wie es genannt wurde, war auf einer alten Militärbasis dieses Namens errichtet worden. Sie hatte einmal etwas über diesen Stützpunkt gelesen: In riesigen Kasernen hatten lange Bettenreihen für Soldaten gestanden. Alte Eigenheime waren zu Offiziersunterkünften umfunktioniert worden, und in langgezogenen Lagerhäusern wurden Kriegsgüter aufbewahrt.

Aber nun gab es auf dem Gelände keine Kasernen, Eigenheime oder Lagerhäuser mehr. Jetzt befanden sich hier die Unterrichtsräume und Wohnheime der besten Ausbildungsinstitution der Föderation: der Starfleet-Akademie.

Beverly erinnerte sich an die Orientierungsveranstaltung in ihrer ersten Woche an der Akademie. Der Fähnrich, der die neuen Kadetten auf dem Campus herumführte, hatte ihnen erläutert, daß das Presidio von vielen bedeutsamen Dingen umgeben war: Im Norden befand sich eines der ältesten Denkmäler bemerkenswerter Ingenieurkunst – die Golden Gate Bridge. Im Osten und Süden lag die hektische und vibrierende Stadt San Francisco. Und im Westen schlugen ständig die mächtigen Wellen des Pazifiks an den Strand.

Das Universitätsgelände fügte sich in die natürlichen und technologischen Wunder der Gegend um

San Francisco ein. Beverly war es nicht gewohnt, von hochmoderner Technik umgeben zu sein – die meisten Kolonien, in denen sie gelebt hatte, waren nur mit einem Minimum an Föderationstechnologie ausgestattet gewesen. Sie gewöhnte sich nach und nach an die Bequemlichkeit der vielen Gerätschaften, Transporter und Shuttles, aber sie mußte oft daran denken, wie wenig das Leben in der Akademie ihrer Großmutter behagen würde. Sie würde sich wahrscheinlich fragen, woher sie ihre Kräuter bekommen sollte. Und ganz bestimmt würde sie sich über den Stab in Beverlys Tasche wundern – den Medoscanner, den jeder Kadett der medizinischen Laufbahn an seinem ersten Tag in der Akademie erhielt.

Die Gebäude der Akademie waren alle hellgrau – beinah genau die gleiche Farbe wie die benachbarten Einrichtungen der Vereinten Föderation der Planeten in San Francisco. Besonders beeindruckend fand Beverly die nach Süden ausgerichteten Sonnenkollektoren auf den Dächern der Campusgebäude. Der Fähnrich erklärte, daß Mikrozellen in den Kollektoren Sonnenenergie für Licht, Heizung, Kühlung und Replikatoren in den Gebäuden sammelten.

Und natürlich, fügte der Fähnrich hinzu, wurde das Wetter künstlich gesteuert. An Sonnenlicht für die Solarzellen mangelte es daher nie.

Das Weiß und Grau der Gebäude wurde von einer Vielzahl kreuz und quer verlaufener Gehwege durchbrochen, die von hohen Bäumen gesäumt wurden, sowie von Gärten voller farbenfroher Blumen. Die winterfesten Pflanzen kamen nicht nur von der Erde, sondern auch von erdähnlichen Planeten. Beverly erkannte gelbe und orangefarbene Ringelblumen und hohe, dunkelrote Stockrosen von der Erde. Blaue Spinnradblumen von Granamy sangen, wenn der leichte Wind sie bewegte. Die feinen Blätter der Nebelnesseln von Ceres II lagen trübe im Sonnenlicht.

Als sie an einem Beet weißer und rosafarbener Dahlien vorbeigingen, spürte Beverly plötzlich die natürliche Frische von Wasser. Sie schaute hinunter und sah ein schmales Rinnsal durch den Garten direkt vor ihren Füßen verlaufen. Sie folgte dem Weg des Wassers mit den Augen und stellte fest, daß es zu einem größeren Bach floß, über den in einiger Entfernung eine hölzerne Brücke führte. Seit diesem ersten Tag an der Akademie hatte sie diese Brücke oft aufgesucht, um dem leisen Plätschern des Bachs zuzuhören und sich zu entspannen.

Ich möchte wetten, daß das Presidio im einundzwanzigsten Jahrhundert genauso wunderschön war, dachte Beverly. Zumindest, bis ein schweres Erdbeben die Gegend erschüttert und die Stadt fast zerstört hatte.

Auf ihrem Weg zu der archäologischen Ausgrabung gingen Beverly und Claire auf einem breiten Pfad zum südöstlichen Ende des Presidio. Beverly hatte erwartet, daß die Ausgrabungsstätte wie ein großes Loch im Boden aussehen würde. Zu ihrer Überraschung kam sie ihr eher wie eine Höhle vor.

Die beiden Kadetten sahen Leuten in blauen Arbeitsanzügen dabei zu, wie sie in die Höhle gingen und oft mit Fundstücken wieder herauskamen, die sie auf langen Tischen außerhalb der Ausgrabungsstätte ablegten. »Schau mal, Bev«, sagte Claire und zog Beverly an ihrem Ärmel zu einem der Tische. »Das sieht aus wie ein … ein Stethoskop!«

Beverly beugte sich tiefer über die zerfallene

Scheibe. »Es ist ein bißchen verrostet, aber ich glaube, mit dieser runden Scheibe hat man früher den Puls und die Herztöne abgehört.«

»Und da ist eine Injektionsspritze«, fügte Claire hinzu und zeigte auf eine schmutzige Röhre mit einer Nadel an einem Ende. »Man hat allen Ernstes die Patienten mit der Nadel gestochen, um ihnen Medikamente zu verabreichen.«

Beverly erschauerte. »Dem Himmel sei Dank für Injektoren.«

»Kann ich Ihnen helfen?« erklang eine Stimme. Beverly drehte sich um und richtete sich auf. Sie erblickte einen Lieutenant Commander von Starfleet, die sie fragend anschaute. Beverly vermutete, daß man bei archäologischen Ausgrabungen nur höchst selten Kadetten der medizinischen Abteilung zu Gesicht bekam.

»Ach, ja. Ich bin Kadett Claire Voy«, sagte Claire glatt. Sie reichte der Offizierin die Hand. »Und das ist Kadett Beverly Howard.« Sie deutete auf ihre Mitbewohnerin. »Medizinische Fakultät von Starfleet.«

»Ich bin Lieutenant Commander Grisik von der Starfleet-Abteilung für Archäologie und Anthropologie. Oder A&A, wie wir sie nennen«, sagte sie lächelnd. Sie schüttelte beiden Kadetten die Hand. Sie trug ihr dunkles Haar kurz, und ihre Augen waren so blau wie ihr Arbeitsanzug.

»Wir haben gehört, daß heute das Krankenhaus freigelegt wird«, fuhr Claire fort. »Wir wollten einfach ... na ja ... dabei sein, wenn es aufregend wird.«

Beverly fand, daß die Offizierin etwas nervös wirkte, als sie ihren Blick rasch über die Ausgrabungsstätte schweifen ließ. »Das kann ich gut nach-

vollziehen. Ich habe beim Gedanken an heute die ganze Nacht kein Auge zugemacht. Wollt ihr zwei mithelfen?«

Noch bevor Beverly irgend etwas sagen konnte, antwortete Claire. »Klar doch.« Beverly versuchte zu lächeln, aber sie brachte nur eine Grimasse zustande. Sie erinnerte sich, daß Claire sie überredet hatte, zur Ausgrabung mitzukommen. Jetzt fragte sie sich, wie es Claire nur gelungen war, sie dazu zu überreden, bei der Ausgrabung *mitzumachen*?

»Schön. Dahinten steht ein Replikator. Holt euch Arbeitsanzüge und Handschuhe. Glaubt mir, ihr werdet sie brauchen«, sagte sie und zeigte den Kadetten ihre schmutzigen Handschuhe.

Beverly starrte Claire giftig an, als sie die Ausrüstung anforderten und sich dann in die Arbeitsanzüge zwängten. Sie wollte Claire sagen, daß sie dieses Mal zu weit gegangen war. Aber noch bevor sie ihrer Zimmergenossin die Meinung sagen konnte, winkte ein Fähnrich sie in die Höhle hinein. Sie zogen die Handschuhe an und stiegen mehrere Metalltreppen zur Ausgrabungsstätte hinab.

Beverly sah sich um und pfiff. Die Höhle war tiefer, als sie erwartet hatte: etwa hundert Meter vom Eingang aus. Gleißend weißes Licht erleuchtete das hintere Ende der Ausgrabungsstätte, an dem Arbeiter Holoaufnahmen von dem durch den jüngsten Einsturz freigelegten Gebiet machten. Ganz in der Nähe flogen Funken, als ein A&A-Offizier mit einem Laserschneider ein großes, aus der Wand ragendes Metallstück durchtrennte. Mit surrenden Tricordern registrierten mehrere Arbeiter jedes einzelne Fundstück. Auf ihrem Weg zum hinteren Ende der Höhle sahen

Beverly und Claire überfall Fundstücke: in den Wänden, auf dem Boden, sogar aus der Decke hängend.

Grisik war schon bei der Arbeit. Sie benutzte einen tragbaren Laserschneider, um vorsichtig Erde von einer in der Wand steckenden Metallkiste zu entfernen. »Willkommen im Verlies«, sagte sie lächelnd, während sie an dem massigen Gegenstand herumhantierte. »Wir arbeiten am Tiefgeschoß des Krankenhauses. Nehmen Sie sich Laserschneider und helfen Sie mir, diese Kiste zu lösen. Man kann kaum lesen, was auf der Seite steht, aber ich glaube, das heißt ›Holzspatel‹. Hoffentlich ist die Kiste gut versiegelt, dann finden wir vielleicht ein paar, die nicht verrottet sind.«

»Holzspatel«, murrte Beverly, als sie zum nächsten Gerätewagen ging. »Ich schwänze den Unterricht, um Holzspatel auszugraben?« Claire lächelte und nickte. Beverly grinste sarkastisch zurück. Beide Kadetten nahmen je einen Laserschneider und schickten sich an, Grisik zu helfen.

Indem sie dem Lieutenant Commander zuschaute, hatte Beverly schnell begriffen, wie man ein Fundstück aus der Erde befreite. Sie drückte mit ihren behandschuhten Fingern auf die Wand, um die Festigkeit des Bodens zu überprüfen. Mit dem auf niedrigster Stufe eingestellten Laserschneider konnte sie sanft die weicheren Teile der Wand entfernen. Auf höherer Stufe schnitt er durch die festeren Schichten.

Es war eine langwierige Arbeit. Als sie Erdschicht um Erdschicht abtrug, sah Beverly plötzlich die Spitze eines glänzenden Gegenstandes. Sie entfernte vorsichtig die Erde und entdeckte zwei lange Metallstifte, die in der Mitte miteinander verbunden waren.

Am Ende der beiden Stifte war das Metall zu weiten Ovalen geformt. Beverly lächelte, als Grisik ihren ersten richtigen Fund benannte: Eine Operationsschere.

Schon bald war Beverly völlig fasziniert. Nicht nur von den vielen Fundstücken, sondern auch von der Geschichte, die Grisik erzählte, während sie arbeiteten. Die Offizierin erklärte, daß im Jahr 2036 ein Erdbeben der Stärke 7,8 auf der Richterskala große Teile San Franciscos dem Erdboden gleichgemacht hatte. Als Beverly ihr dabei half, mehrere Erdschichten von einem anderen Objekt zu entfernen, berichtete Grisik weiter, wie sich die Statik von Gebäuden des Einundzwanzigsten Jahrhunderts von der moderner Bauten unterschied.

»Im zweiundzwanzigsten Jahrhundert«, fuhr Grisik fort, »wurde Billerit entwickelt, das Baumaterial, das Erdstöße bis zur Stärke von 6,5 auf der Richterskala absorbiert. Und jetzt steuern wir die stärkeren Erdbeben mit besonderen Satelliten, die die Erde umkreisen. Aber damals wurden Gebäude schon von schwachen Erdstößen beschädigt. Und als dann das große Beben kam …«

»Lag die Stadt in Schutt und Asche«, vollendete Beverly den Satz.

Grisik nickte. Sie erläuterte weiter, daß der Stadtrat nach dem Beben beschloß, den Großteil der alten Stadt zu begraben und eine neue darauf zu bauen. Es wurden viel weniger Straßen angelegt, und neue Bauvorschriften sollten den Schaden durch zukünftige schwere Beben begrenzen. Von einer dieser Vorschriften hatte Beverly einmal gelesen: Noch fast ein Jahrhundert nach dem Erdbeben durfte in San Francisco kein Bauwerk höher als drei Stockwerke sein.

»Wir hatten Schwierigkeiten, dieses Krankenhaus zu finden. Wir hatten zwar alte Stadtpläne, aber die vielen großen und kleinen Erdbeben der letzten zweihundert Jahre haben viele Gebäude und Landmarken verschoben«, erzählte Grisik. »Wir hatten Glück. Einer der Akademie-Studenten bei der A&A hat nach dem Einbruch gestern ein Verkehrsschild gefunden, das auf ein Krankenhaus hinweist. Und wie Sie sehen können, haben die Laserschneider einen Teil des restlichen Schutts entfernt.«

Beverly hörte mit einem Ohr weiter zu, wie Grisik und Claire sich über alte medizinische Instrumente unterhielten. Aber etwas machte ihr zu schaffen. Zerbrochene Gegenstände auszugraben und über das furchtbare Erdbeben zu sprechen, weckte bei ihr Erinnerungen.

Plötzlich erschauerte Beverly. Es erinnerte sie an das Unglück auf Arvada III.

Sie war mit ihrer Großmutter nach Arvada III gezogen, um beim Aufbau der neuen Föderationskolonie zu helfen. Als sie dort ankamen, lebten bereits über zweihunderttausend Kolonisten verstreut auf dem ganzen Planeten. Sie waren alle mit dem Versprechen gekommen, die neue Welt zu kolonisieren.

Am besten erinnerte Beverly sich an den Nachthimmel des Planeten: zwei helle und wunderschöne Monde, die jede Nacht aneinander vorbeizogen, wobei der kleinere, zerfurchte Mond stets schneller war als sein großer Bruder, wenn sie endlos ihre Bahnen um den Planeten drehten. Die Wissenschaftler nahmen Messungen von den Monden auf, stellten ihre Zusammensetzung fest und wandten ihre Aufmerksamkeit dann wieder der Kolonisation von Arvada III zu.

Ein kurzes Arvadajahr nachdem Beverly und ihre Großmutter dort eingetroffen waren, geschah etwas Furchtbares mit den Monden. Sie näherten sich auf ihren Umlaufbahnen aneinander an, wie sie es seit hunderttausenden von Jahren getan hatten, bevor die Siedler gekommen waren. Aber diesmal riß die Schwerkraft des größeren Mondes ein Stück aus dem kleineren, zerbrechlichen Mond. Nach zwei weiteren Planetenumdrehungen flog der eine Meile durchmessende Felsen auf Arvada zu. Er schlug in den flachen Ozean ein und wirbelte Wasser, Dampf und Staub hoch in die Atmosphäre des Planeten.

Schon bald füllten Wolken und Staub den Himmel und verdunkelten wochenlang die Sonne. Flüsse und Bäche schwollen an, als der erbarmungslose Regen den Boden gesättigt hatte. Wasser toste durch Städte und durchbrach natürliche Deiche an den Flüssen. Die Stürme wurden stärker, zerschmetterten viele Häuser und verursachten Wellen, die ganze Küstenstädte vernichteten. Es war, als träfen einhundert Hurrikane das Land und die See – aber alle gleichzeitig.

Zuerst brach die medizinische Versorgung zusammen. Beverly erinnerte sich an die kleine, nasse und verdreckte Gestalt ihrer Großmutter, die die noch existierenden Wälder durchkämmte. Sie suchte nach Kräutern und Wurzeln und versorgte die Verwundeten dann mit den Heilmitteln der Natur des Planeten.

Kleinere Starfleetschiffe, die dem Planeten am nächsten waren, brachten etwas Nahrung und Medikamente, aber sie konnten nicht jede Stadt und Siedlung versorgen. Es dauerte fast einen Monat, bis genug Schiffe den Planeten erreicht hatten, um alle Siedler zu retten. In dieser Zeit lernte Beverly notgedrungen, sich mit Kräutern und Wurzeln vertraut zu machen – und wie man sie als Nahrung und Medizin einsetzen konnte.

Damals hatte sie sich auch vorgenommen, daß sie, wenn sie mit dem Leben davonkäme, sich der Heilung anderer widmen würde.

»Achtung! Alles raus! Sofort!«

Das Geschrei riß Beverly aus ihren Tagträumen. Sie schaute sich um und sah einen Starfleet-Captain, der Befehle brüllte. Eine der Wände brach schnell zusammen. Und ebenso schnell erschien ein Eindämmungsfeld, um Staub und Schutt zurückzuhalten.

Aber der Energieschirm war nicht schnell genug errichtet worden. Ein intensiver, beißender Gestank breitete sich rasch in der ganzen Höhle aus. Obwohl die Luftfilter in Betrieb waren, mußten viele Arbeiter heftig husten, als sie sich vor dem neuesten Einsturz in Sicherheit brachten.

Als das grelle Licht flackerte und erlosch, schaltete sich die rotweiße Notbeleuchtung ein. »Los jetzt!« rief Grisik, fuhr schnell herum und schob die Kadetten vor sich her zum Höhlenausgang. Beverly ließ ihren Laserschneider fallen und rannte los. Claire und Grisik waren direkt hinter ihr.

Beim Laufen nahm Beverly ein Tuch aus ihrem Arbeitsanzug und hielt es sich vor Mund und Nase. Es war kein Problem, der Notbeleuchtung zu folgen, aber der unebene Höhlenboden erschwerte das Vorwärtskommen. Claire stolperte einmal und hielt sich

1995

an Beverly fest. Beverly wünschte sich, sie hätte eine starke Taschenlampe eingesteckt; dann sah sie endlich das Licht der Höhlenöffnung.

Beverly war die erste, die über die Metalltreppen nach draußen gelangte. Sie drehte sich um und lehnte sich gegen die Außenwand. So schnell es ging, zog sie die Nachfolgenden die Treppe hinauf nach draußen. Mehrmals hatte sie das Gefühl, der Arm würde ihr aus dem Gelenk gerissen. Manche Arbeiter husteten, als sie sie nach oben zog, andere hielten sich ein Tuch oder einen Ärmel vor Mund und Nase.

Nach ein paar Minuten hatten alle die Höhle verlassen. Beverly lehnte sich zurück, seufzte erleichtert und versuchte, ihr rasendes Herz wieder ruhiger schlagen zu lassen.

Die Nachricht vom erneuten Einsturz verbreitete sich schnell. Beverly erschrak, als sie das Summen eines Transporters hörte und plötzlich überall Starfleetärzte und Notfallsanitäter auftauchten. Beverly beobachtete interessiert einen Arzt dabei, wie er sie mit einem Medo-Tricorder untersuchte. Als sie sich in der Menschenmenge am Höhleneingang umsah, entdeckte sie Claire. Sie nickte ihrer Zimmergenossin zu, um ihr mitzuteilen, daß es ihr gut ging. Claire erwiderte das Nicken.

Beverly hörte, wie der Captain dem Lieutenant Commander befahl, sich dekontaminieren zu lassen. Sein Tricorder hatte angezeigt, daß das Gas wahrscheinlich vom Krankenhausschutt herrührte. Er und die beiden Offiziere, die dem Einsturz am nächsten gewesen waren, sollten sich untersuchen lassen. Als die Offiziere auf dem Weg zur Krankenstation vier im Glitzern des Transporterstrahls verschwanden, wies

Grisik alle an, ihre schmutzigen Arbeitsanzüge und Handschuhe auszuziehen. Noch während Claire und Beverly ihre Oberbekleidung ablegten, wurden spezielle Behälter herangekarrt, um die Kleidung zur Entgiftung zu bringen.

»Großartig«, stöhnte Grisik, als sie ihren Arbeitsanzug in den Behälter neben Beverly warf. »Wir haben versucht, eine Holodecksimulation des Krankenhauses zu entwickeln. Das werden wir wohl eine Weile verschieben müssen. Und da kommt auch schon der Commander, der für die Simulation verantwortlich ist.«

Beverly drehte sich um und zog erschrocken die Luft ein. Sie erkannte den muskulösen, blonden Offizier, der auf sie zukam: Es war Commander Max Wiley, der Professor, der ihren Holodeck-Simulationskursus über medizinische Notfallsituationen leitete. Genaugenommen war er *der* Max Wiley, einer der härtesten Professoren an der Akademie. Sie befürchtete, daß ihr Mund offenstand.

»O nein«, hörte Beverly Claire flüstern.

»Hierher, Commander«, rief Grisik und winkte dem Offizier zu. Sie seufzte tief, als er bei ihnen ankam. »Sir, wir waren gerade damit beschäftigt, Holoaufnahmen zu machen, als ein Teil des Westflügels wieder einstürzte. Ein Eindämmungsfeld sichert den Bereich jetzt, aber es wird noch ein paar Stunden dauern, bis wir da wieder rein können.«

Wiley nickte und sagte nichts.

»Ach ja, Commander«, sagte sie und deutete auf Beverly und Claire. »Wir habe nicht oft Kadetten aus der medizinischen Abteilung von Starfleet hier, die sich als freiwillige Helfer melden. Doch diese beiden hier waren sehr hilfreich – sowohl vor als auch nach dem Einsturz.«

Wiley wandte sich den beiden Kadetten zu und verschränkte die Arme vor der breiten Brust. »Die Kadetten Howard und Voy? Beide im ersten Jahr«, sagte er.

Sie erstarrten beide. Grisik war wie vom Donner gerührt.

»Die meisten Kadetten im ersten Jahr, die ich kenne, haben um diese Zeit Unterricht«, fuhr er fort.

»Na ja, wir haben …«, begann Beverly.

»Sie haben was, Kadett Howard?« bohrte Wiley. Er trat einen Schritt auf sie zu. Sie widerstand mühsam dem Drang, vor ihm zurückzuweichen. »Sie sind nicht beim Unterricht. Sie sind hier. Sie haben geschwänzt. Habe ich recht?«

Beverly nickte, und Claire starrte auf den Boden.

»Welche Vorlesung?«

»Terranische Anatomie, Sir«, antwortete Beverly, die spürte, wie sie errötete.

»Dieses Verhalten ist einem Starfleet-Kadetten nicht angemessen«, sagte Wiley streng. Beverly zuckte zusammen, als er hinzufügte: »Sie beide begleiten mich. Wir werden dem befehlshabenden Offizier der medizinischen Abteilung von Starfleet einen Besuch abstatten.«

Beverly wurde klar, daß ihr Nachmittag tatsächlich noch schlimmer als ihr Morgen werden würde.

3

Die beiden Kadetten sagten nichts, als sie Commander Wiley folgten. Beverly konnte mit den langen Schritten des Offiziers ohne Probleme mithalten. Aber sie bemerkte, daß Claire Schwierigkeiten hatte, nicht zurückzufallen.

Es kam Beverly vor, als wären sie stundenlang gegangen. Tatsächlich dauerte es nur zehn Minuten, bis sie ihr Ziel erreicht hatten. Als Wiley einen älteren Kadetten in das Büro des befehlshabenden Offiziers begleitete, setzten die beiden Zimmergenossinnen sich auf die beiden unbequemen, braunen Stühle, die den Raum zierten. *Offensichtlich will das hohe Tier niemanden dazu ermuntern, in seinem Wartezimmer zu übernachten*, dachte Beverly.

Eine Zeitlang sagten weder Beverly noch Claire etwas. Irgendwie war Beverly wütend auf Claire, weil sie sie überredet hatte, zur Ausgrabung zu gehen, aber sie war noch viel wütender auf sich selbst, weil sie sich hatte überreden lassen. Schließlich seufzte Claire, legte den Kopf in den Nacken und starrte die Decke an. »Kommt es dir auch so vor, als ob wir hier schon seit Stunden warten?«

»Seit Tagen«, antwortete Beverly. Sie schlug die langen Beine übereinander und sah auf das Chronometer an der Wand. »Aber es sind erst zehn Minuten.«

»Zehn Minuten?« fragte Claire. Sie schüttelte mit

frustriertem Gesichtsausdruck den Kopf. »Es dauert nur zwei Nanosekunden, die Anweisung in den Computer einzutippen, uns aus Starfleet zu werfen.«

Beverly schloß die Augen und verschränkte die Arme vor der Brust. Auf dem ganzen Weg zum Büro des befehlshabenden Offiziers hatte sie kein einziges Mal daran gedacht, bei Starfleet rausgeworfen zu werden. Vielleicht eine Bewährungsstrafe, aber Rauswurf? Niemals. Sie hatte zwar Heimweh, doch wenn sie Starfleet verlassen würde, dann sollte das ihre Entscheidung sein. Wie hätte sie ihrer Großmutter ihre plötzliche Heimkehr erklären können? Was sollte sie ihren Freunden erzählen, die sich so darüber gefreut hatten, daß sie zur Starfleet-Akademie ging? Und was, fragte sie sich, würde sie sich selbst sagen?

Beverly spürte, daß Claire zusammenzuckte, als Commander Wiley zügig aus dem Büro des befehlshabenden Offiziers kam. Er sah die beiden Kadetten ernst an. Ohne ein Wort zu verlieren, ging er zur Tür hinaus.

Als der ältere Kadett wieder in das Zimmer kam, standen sie beide auf. »Admiral Muti wird Sie nun empfangen. Bitte folgen Sie mir.«

Admiral Mutis Büro war eins der ordentlichsten, geräumigsten und schönsten, die Beverly jemals gesehen hatte. Strahler schienen auf Kunstwerke an mehreren Wänden. Sie erkannte klingonische Symbole auf einer Bronzestatue und betazoidische Buchstaben auf zwei verschiedenen Steinskulpturen. Gerahmte Drucke von Erdkünstlern, darunter Claude Monet und Leonardo da Vinci, hingen an der gegenüberliegenden Wand.

Sogar die Fenster sehen wie Kunstwerke aus, dachte

Beverly. Durch ein Erkerfenster konnte sie die Nordseite des Akademiegeländes sehen. Weit dahinter lagen die rote Golden Gate Bridge und das blaue Wasser des Pazifik. Üppige grüne Ranken umgaben das Fenster.

An einer Wand erstrahlte ein leuchtend buntes Gemälde. Es summte mit einem angenehmen Ton, als sie zur Mitte des Raums ging. Sie bemerkte, daß auch Claire die Wand anstarrte, fast als würde das glitzernde Kunstwerk sie hypnotisieren.

»Wissen Sie, was das ist, Kadett?« ertönte die tiefe Stimme der Admiralin.

Sie stand neben einem hohen Sessel hinter einem großen hölzernen Schreibtisch. Ihr kurzes, lockiges weißes Haar hob sich von ihrem dunklen, dünnen Gesicht ab. Und obwohl sie nur mittelgroß war, schien sie auf einmal den ganzen Raum einzunehmen.

»Jawohl«, antwortete Claire mit einem schüchternen Lächeln. »Das ist eine Kunstharfe von Niriad. Im Victorianischen Sonnensystem.«

Die Admiralin nickte einmal. Ihr Gesicht schien sich zu entspannen, wurde dann aber wieder streng. »Ich bin Admiral Muti, befehlshabender Offizier der medizinischen Abteilung von Starfleet«, teilte sie den beiden mit. Sie ließ die beiden Kadetten keinen Moment lang aus den Augen. »Und Sie sind beide Starfleet-Kadetten im ersten Ausbildungsjahr?«

Die Kadetten nahmen Habachtstellung ein. »Jawohl, Sir«, antworteten sie im Chor.

»Kadetten Beverly Howard und Claire Voy.« Sie schaute auf den Minicomputer in ihrer Hand. »Beide in Copernicus City auf Luna geboren. Faszinierend. Und jetzt Zimmergenossinnen.«

Beverly versuchte, ihren rasenden Herzschlag zu verlangsamen. Sie verlagerte ihr Gewicht und starrte auf die Wand hinter der Admiralin. Die Aussage schien keine Antwort zu verlangen.

»Beverly Howard. Starfleet-Kadett an der medizinischen Fakultät im ersten Lehrjahr. Ihre Testergebnisse haben Sie als hochbegabt ausgewiesen, bevor Sie sich der Starfleet-Akademie angeschlossen haben. Und Sie haben die Hauptrollen in mehreren Musicals und Theaterstücken gespielt. Tanz? Gesang?«

»Ein bißchen von beidem, Sir, aber hauptsächlich Tanz … Sir«, stammelte sie.

»Bewundernswert, Kadett. Das beweist eine gewisse Ausstrahlung vor anderen«, sagte sie. Sie drückte eine weitere Sensorfläche auf dem Minicomputer. »Claire Voy. Ebenfalls Starfleet-Kadett an der medizinischen Fakultät im ersten Jahr. Ebenfalls hochbegabt. Sie spielen außergewöhnlich gut Tennis?«

»Ich … ich wollte Profispielerin werden, bevor ich mich entschieden habe, lieber Ärztin zu werden … Sir«, sagte Claire, die errötete, als ihr klar wurde, daß sie wahrscheinlich zu lange geredet hatte.

Muti räusperte sich und klappte den Minicomputer zu. »Commander Wiley teilt mir außerdem mit, daß Sie beide heute Morgen zur archäologischen Ausgrabungsstätte gegangen sind, statt am Unterricht in terranischer Anatomie teilzunehmen. Trifft das zu?«

»Jawohl, Sir«, antworteten sie, immer noch strammstehend.

Muti kam hinter dem Schreibtisch hervor und baute sich vor den Kadetten auf. »Wissen Sie, warum Sie beide ausgewählt worden sind, die Starfleet-Akademie besuchen zu dürfen? Ich bin mir sicher, daß Sie das ganz genau wissen«, sagte sie, noch bevor einer der beiden Kadetten antworten konnte. »Sie haben zwei der besten Ergebnisse in der Aufnahmeprüfung der Medizinischen Fakultät von Starfleet erzielt. Sie haben gezeigt, daß Sie in Notsituationen die Ruhe bewahren können. Und Sie waren fest entschlossen, zu lernen und eine hervorragende Ausbildung zu erhalten.«

Sie ging stumm um die Kadetten herum, bevor sie fortfuhr. »Und vielleicht sollte ich Sie nochmals nachdrücklich an die Philosophie der Medizinischen Fakultät von Starfleet erinnern. Sie betont die Verantwortung, die der Arzt gegenüber dem Patienten hat – auf allen Welten«, fügte sie eindringlich hinzu. »Aber das wissen Sie sicherlich genausogut wie ich. Nun will ich Sie an *Ihre* Verantwortung gegenüber der Akademie erinnern: die besten Ärzte zu sein, die Sie für Ihre Patienten sein können. Und das bedeutet, Verantwortung zu zeigen, indem Sie an all Ihren Unterrichtsstunden teilnehmen und das, was Ihnen dort beigebracht wird, verstehen. Können Sie mir folgen?«

Beverly und Claire nickten und murmelten: »Jawohl, Sir.«

»Ihrer Meinung nach mag die Veranstaltung, die Sie versäumt haben, nicht wichtig gewesen sein. Aber jede Veranstaltung an der Akademie ist wichtig. Lassen Sie mich ein Beispiel geben«, sagte sie, als sie wieder vor den Kadetten stand. »Nehmen wir einmal an, Sie seien auf dem Planeten Epsilon Fünf, und jemand bedarf Ihrer Hilfe. Die Person hat ein gesundheitliches Problem, daß Sie nicht identifizieren können. Warum nicht? Vielleicht, weil in der bewußten Stunde, die Sie versäumt haben, etwas besprochen wurde, mit dem Sie eben diese Krankheit auf Epsilon Fünf behandeln könnten. Vielleicht war es etwas, was der Professor gesagt hat, oder die Rückfrage eines Kadetten. Vielleicht war diese kleine medizinische Information das Puzzleteil, nach dem Sie gesucht haben, damit Sie dem Patienten das Leben retten können«, betonte Muti. »Aber Sie finden die Antwort nicht, weil Sie im Unterricht gefehlt haben.«

Beverly versuchte, sich auf die Wand hinter der

Admiralin zu konzentrieren, aber die dunklen Augen der Offizierin schienen sie magisch anzuziehen.

»Ich habe Ihre Akten eingesehen. Sie sind beide herausragend gute Studenten. Sie haben ein großartiges Pflicht- und Verantwortungsgefühl gezeigt. Und indem Sie hier sind, haben Sie uns den Eindruck vermittelt, daß Sie wirklich Ärztinnen bei Starfleet werden wollen. Hier an der Akademie geben wir Ihnen die Gelegenheit, zu den besten Ärzten der Föderation zu gehören. Aber sie müssen sich dafür auch revanchieren – indem Sie die Regeln befolgen, damit wir Ihnen dabei helfen können, zu den besten Ärzten der Föderation zu werden.«

Es war so still in dem Büro, daß Beverly Claire schlucken hören konnte. Sie war sich sicher, daß ihre Zimmergenossin genauso große Angst hatte wie sie. *Jetzt kommt's,* dachte Beverly bedrückt. *Jetzt werden wir aus der Akademie geworfen.*

Muti ging an das riesige Fenster, das einen Blick auf den Ozean bot. Sie hatte die Hände hinter dem Rücken verschränkt. Es dauerte ein paar Minuten, bevor sie wieder zu sprechen begann. »Und wie war es?« fragte Muti über ihre Schulter hinweg.

»Sir?« erwiderte Beverly. Ihr war nicht ganz klar, wonach der Admiral fragte.

»Die Ausgrabung, Kadett Howard«, antwortete Muti. Sie drehte sich um und sah die Kadetten an. »Haben Sie etwas Interessantes gesehen?«

»Jawohl, Sir. Wir haben dort geholfen, eine ganze Reihe von Krankenhausgerätschaften auszugraben. Wenigstens, bis die Höhle eingestürzt ist.«

»Ja, wir können von Glück reden, daß niemand ernsthaft verletzt wurde«, seufzte Muti und schaute dann den Stapel Disketten auf ihrem Schreibtisch an. »Auch ich hatte mit dem Gedanken gespielt, meine Arbeit heute einmal frühzeitig zu beenden und zu sehen, wie die Ausgrabung voranschreitet«, sagte sie und sah dann die beiden nervösen Kadetten wieder an. »Also … ich kann keinesfalls gutheißen, was Sie heute getan haben. Aber ich muß schon zugeben, daß es mich freut, daß Sie ihr Wissen erweitern wollten, indem Sie sich mit der Vergangenheit beschäftigen – insbesondere mit einem Krankenhaus. Kadett Howard, Kadett Voy. Sie können beide wegtreten.«

Beverly glaubte, ihren Ohren nicht trauen zu können, und erstarrte kurz. Claire war genauso verblüfft. Sie hatten beide damit gerechnet, daß die Admiralin sie aus der Akademie werfen oder ihnen zumindest eine Bewährungsstrafe aufbrummen würde.

Muti nahm wieder ihren Platz hinter dem Schreibtisch ein und öffnete den kleinen Minicomputer. Beverly murmelte ein paar Dankesworte und schubste Claire sanft vor sich her zur Tür.

»Und, Kadetten«, sagte Muti und sah von ihrem Computer auf, »noch ein Ausrutscher, und Sie bekommen beide eine Bewährungsstrafe.«

4

Als Beverly am nächsten Morgen aufwachte, mußte sie immer noch an das Treffen mit Admiral Muti denken. Ihr war klar, daß die Admiralin sehr großzügig gewesen war. Sie hätten zumindest eine Bewährungsstrafe bekommen müssen. Jetzt wußte sie auch, warum Muti befehlshabender Offizier der Medizinischen Fakultät von Starfleet war. Sie konnte sich in beide Seiten einer Geschichte hineinversetzen und fällte faire Urteile. *Mit anderen Worten: Sie gibt zwei jungen Kadetten eine zweite Chance*, dachte Beverly.

Beim Frühstück in der Mensa gingen Beverly und Claire nochmals ihre Aufzeichnungen für die nächste Unterrichtsstunde durch. Nicht, daß es besonders einfach gewesen wäre, sich auf ›Ethik der Medizin‹ vorzubereiten. Sie mußten dermaßen viele philosophische Ideen verarbeiten… Beverly war klar, daß es hierbei um etwas grundlegend anderes ging, als die Knochen des Körpers zu benennen. Bei der Ethik der Medizin ging es darum, die verschiedenen Glaubenssysteme sämtlicher Kulturen der Föderation zu interpretieren. *Und diese Interpretation hängt wiederum von der eigenen Kultur ab*, dachte sie.

Als Beverly und Claire um 08.00 Uhr den Seminarraum betraten, in dem der Kurs Ethik der Medizin abgehalten wurde, war dort gerade eine Unterhaltung im Gange.

»…ich wollte immer schon als Medo-Offizier auf

einem Raumschiff arbeiten«, sagte T'Kavar. »Eine gute Freundin meiner Mutter ist Ärztin an Bord der *T'Pau*. Sie ist erst bei Starfleet ausgebildet worden und wurde dann einem vulkanischen Schiff zugeteilt.«

»Ich bin mir nicht so sicher, ob ich auf ein Raumschiff möchte«, sagte der rigellianische Kadett Gren Edut, wobei er der Vulkanierin schwach zunickte. Beverly hatte Gren am Ende der zweiten Unterrichtswoche kennengelernt. Er hatte glattes, schulterlanges braunes Haar. Seine Arme, Beine und sogar die Finger waren lang, seine Haut schimmerte leicht grünlich. Und obwohl er breitschultrig und groß war, wirkte er sehr schüchtern. Nachdem Beverly ihn besser kennengelernt hatte, erklärte er ihr, daß Rigellianern beigebracht wurde, mit niemandem zu sprechen, den sie nicht mindestens fünfmal gesehen hatten.

»Höchst unlogisch«, antwortete die Vulkanierin mit bewegungsloser Miene.

»Eigentlich nicht, werte T'Kavar. Ich komme für rigellianische Verhältnisse aus einer vergleichsweise kleinen Familie«, erklärte Gren. »Ich habe insgesamt nur siebzehn Brüder und Schwestern. Und da die meisten der Föderationssiedler Familien haben, möchte ich mich um ihre Kinder kümmern. Aber auf trockenem, festem Boden, wenn's geht.«

»Ich halte mich an meine Computer«, warf Dewley Breech ein. Er schaltete seinen Minicomputer ab und lehnte sich auf seinem Stuhl zurück. »Ich würde unheimlich gerne medizinische Computerprogramme entwickeln. Oder Instrumente und Maschinen entwickeln, die in medizinischen Labors eingesetzt werden können – auf Raumschiffen *und* auf Planeten«, fügte er hinzu und nickte T'Kavar und Gren zu.

»Ich hoffe nur, du testest deine Maschinen nicht an deinen armen Molchen«, erwiderte Imto Partigle in Anspielung an Dewleys Molchsammlung in seinem Zimmer.

»Nein, aber ich suche wirklich Freiwillige«, sagte Dewley. Er klopfte seinem arkturanischen Mitbewohner lächelnd auf die Schulter.

Stephen Cody saß auf der Kante von Dewleys Pult und lächelte entspannt. Beverly kannte ihn nicht besonders gut. Er war ein Starfleet-Kadett im zweiten Ausbildungsjahr, der Offizier werden wollte. Er und ein paar andere belegten Medizinkurse, um ihre Ausbildung abzurunden. Sie hatte außerdem gehört, daß sein Vater der Starfleet-Admiral Hector Cody war.

»Ich mag Computer auch«, sagte Stephen, »aber nicht für medizinische Zwecke. Das ist eher etwas für meine Schwester. Die wollte immer schon Weltraumdoktor werden.«

»Wir studieren nicht, um ›Weltraumdoktor‹ zu werden, Stephen«, sagte Imto. »Wir studieren, um Starfleet-Ärzte zu werden und jedem zu helfen, egal wo.«

»Ja, genau. Wie gesagt: Weltraumdoktor«, erwiderte Stephen. Er lächelte Imto an. »Und was wird aus mir? Schauen wir mal: Ich bin wie Dewley. Ich mag Computer. Aber ich schreibe lieber Programme, die Viren aus einem Computer entfernen – ungefähr so, wie ihr in der Medizin Impfstoffe verwendet, um Krankheiten aus dem Körper zu entfernen.«

»Ein Computer-Weltraumdoktor?« fragte Imto.

Gelächter erfüllte den Raum. Es endete abrupt, als sich zischend die Tür öffnete.

Dr. Denise Camren betrat den Raum. Alle setzten sich rasch an ihre Computer und drückten die Hände auf die Sensorflächen, um ihre Anwesenheit zu registrieren. Dr. Camren stellte sich in die Mitte des Kreises aus Computerpulten. Von dort aus unterrichtete sie am liebsten.

Beverly bemerkte, daß alle genau aufpaßten. Wie die meisten Betazoiden hatte Dr. Camren dunkles Haar und genauso dunkle Augen, was ihr eine Schönheit verlieh, die jeden in ihren Bann zu ziehen schien. Als Betazoidin war sie auch Telepathin. Aber darüber hatte Beverly sich nie Gedanken gemacht. »Ich will Ihre Gedanken nicht lesen, ich will Ihre Gedanken verbessern«, hatte Dr. Camren in der allerersten Veranstaltung verkündet.

Als einer der angesehensten Counselors bei Starfleet wußte Dr. Camren, daß es zwischen den verschiedenen Kulturen der Föderation viele Kommunikationsprobleme gab. Sie drängte die Kadetten dazu, den diversen Völkern der Galaxis besser zuzuhören und sie besser zu verstehen – bis hin zu den anderen Besatzungsmitgliedern auf einem Raumschiff. Sie brachte ihnen bei, über die Folgen ihrer Handlungen nachzudenken, nicht nur an der Akademie, sondern als Reisende in anderen Teilen der Galaxis.

»Die Medizinische Fakultät von Starfleet wird niemals alle Probleme der Multispezies-Medizin lösen«, sagte Dr. Camren. »Aber unser Ziel als medizinischer Offizier ist, die medizinischen Bedürfnisse von so vielen verschiedenen fremden Rassen wie möglich zu verstehen – falls und wenn sie unsere Hilfe brauchen.

Stellen Sie sich folgendes vor: Sie sind Arzt auf einem Raumschiff der Föderation. Plötzlich gerät das Schiff in Schwierigkeiten. Es gibt mehrere Verletzte, als Computerkonsolen auf der Brücke explodieren. Wenn Sie als medizinischer Offizier auf die Brücke gerufen werden, ist es dann Ihre erste Pflicht, sich um die verletzten Besatzungsmitglieder zu kümmern oder die beschädigten Computer zu reparieren? Hat jemand einen Vorschlag?«

Beverly meldete sich und wurde aufgerufen. »Wenn irgend möglich, sollte der Arzt sich erst auf die Verwundeten konzentrieren«, antwortete sie, »weil es manchmal auf Sekunden ankommt, um jemandem das Leben zu retten. Außerdem gibt es auf der Brücke andere, die sich mit der Reparatur der explodierten Konsolen besser auskennen.«

»Gut, ich sehe an Ihrem Nicken, daß viele von Ihnen Kadett Howard zustimmen«, sagte Dr. Camren, nachdem sie sich langsam in der Runde umgesehen hatte. »Dann stellen Sie sich dies vor: Sie sind wieder Arzt auf einem Raumschiff der Föderation. Sie beamen sich auf die Oberfläche eines Planeten, dessen Kultur zwar gewohnt ist, im Weltraum zu leben und zu arbeiten, aber nie Kontakt mit anderen Rassen gehabt hat. Sie wissen, daß Sie mit niemandem Kontakt aufnehmen dürfen, weil Sie sonst gegen die Erste Direktive verstoßen. Auf dem Planeten finden Sie einen Eingeborenen, der schwer krank oder verletzt ist. Er schwebt in Lebensgefahr, und Sie wissen, daß Sie helfen können. Würden Sie das Wesen behandeln, selbst wenn Sie damit gegen die Erste Direktive von Starfleet verstoßen?«

»Man würde dem Eingeborenen nicht helfen«, sagte

Stephen sofort. »Die Erste Direktive geht vor. Da gibt es gar keinen Zweifel. Das ist schon so, solange mein Vater bei Starfleet ist, und sein Vater vor ihm.«

Beverly bemerkte, daß Imto sich in seinem Stuhl aufrichtete. Das Gesicht des Arkturianers verfinsterte sich, als er Stephen anschaute. »Ein Leben ist wichtiger als die Erste Direktive.«

Niemand rührte sich. Dr. Camren neigte ihren Kopf zur Seite, fast so, als müsse sie sich anstrengen, alles zu hören. Sie sprach Stephen an. »Kadett Cody, was sagen Sie dazu?«

Stephen beugte sich vor und sah Imto an. »Nicht, wenn es Tausende oder vielleicht sogar Millionen anderer Leben beeinflußt, Weltraumdoktor. Wenn Sie diesen Eingeborenen heilen, könnten Sie das Gleichgewicht dieser Kultur zerstören«, sagte Stephen leise. »Ich verstehe das Bedürfnis zu helfen, Imto, aber die Erste Direktive besagt, daß man sich in andere Kulturen nicht einmischen darf, wenn man damit die normale Entwicklung dieser Kulturen gefährdet. Was ist, wenn der Kranke eine bedeutsame politische Figur ist? Und wie wird diese Kultur auf unser plötzliches Auftauchen reagieren, wenn sie noch keine Wesen von anderen Planeten kennt?«

»Mein Volk würde es heute nicht mehr geben, wenn man die Erste Direktive befolgt hätte«, sagte Imto genauso leise. »Wir wußten nicht, daß es Lebewesen gab, die den Weltraum bereisen. Aber wir hatten eine weltweite medizinische Notsituation, und ein Ärzteteam von Starfleet hat uns geholfen. Wenn für sie der Patient nicht vorgegangen wäre, hätte ein Großteil meines Volkes nicht überlebt. Und wir wären nicht Mitglied der Föderation geworden.«

»Dann waren diese Starfleet-Offiziere im Unrecht. T'Kavar würde mir sicherlich zustimmen«, erwiderte Stephen. Er sah die Vulkanierin an. »Es war schließlich ein berühmter Vulkanier, der gesagt hat: ›Das Wohl vieler wiegt schwerer als das Wohl des einzelnen.‹«

Imto schnaufte. Er hatte die Hände zu Fäusten geballt. *»Mr. Cody«*, sagte er nachdrücklich, »Sprichwörter sind Phrasen. Vernunftbegabte Wesen sind lebendige ...«

»Mr. Partigle«, unterbrach Stephen ihn. »Der Patient muß zurücktreten, wenn es um die Erste Direktive geht. Sonst greift man in den natürlichen Fortschritt jener Gesellschaft ein. Mit welchem Recht fällen wir Entscheidungen für einen anderen Planeten?« Sein Ton wurde sanfter. »Hör mal, Imto. Jeder Kadett und Offizier von Starfleet legt viele Eide ab. Aber unsere erste und wichtigste Pflicht gilt Starfleet und der Ersten Direktive.«

Niemand rührte sich, noch nicht einmal, als eine Glocke das Ende der Stunde anzeigte. Imto sprach lauter, um das Klingeln zu übertönen. »Falsch, Mr. Cody. Wir *dürfen* die Bedürfnisse von Lebewesen nicht ignorieren, die unsere Hilfe brauchen ...«

»Und Starfleet ist nicht so weit gekommen, indem die Erste Direktive mißachtet wurde, Mr. Partigle«, sagte Stephen lauter.

»Rührt euch, Kadetten«, unterbrach Dr. Camren. Ihre Miene verfinsterte sich, als sie auf die beiden Kadetten zuging. »Die Klasse kann gehen. Bis auf die Kadetten Cody und Partigle.«

5

Beverly fiel sofort auf, daß Commander Max Wiley nicht gut gelaunt war. Der Grund dafür war, daß Dr. Camren überzogen hatte und deshalb die meisten seiner Kadetten zu spät kamen. Ihr war auch klar, daß er keine Ausreden hören wollte.

Beverly rutschte unruhig auf ihrem Stuhl hin und her. Wileys Kurs über medizinische Notfallsituationen war nicht einfach. In jeder Stunde mußten die Kadetten eine Situation bewältigen, die einen medizinischen Notfall beinhaltete. Und das alles als Holodecksimulation. Und jede Woche wurden die Notfälle schwieriger und liefen schneller ab. In einer Simulation steuerte man ein Shuttle und mußte dabei einen medizinischen Notfall bearbeiten. In der nächsten Simulation mußte man eine undichte Leitung in der technischen Abteilung reparieren, während man sich um einen verwundeten Kameraden kümmerte. Es war furchteinflößend. Beverly wußte, daß alle ihre Entscheidungen die anderen Besatzungsmitglieder betrafen. Und nach jeder Stunde fragte sie sich, ob sie wirklich aus dem Holz geschnitzt war, aus dem Starfleet-Angehörige bestanden.

Aber das Schlimmste an diesem Kurs war Wileys knallharte Art. Beverly erinnerte sich noch an seine erste Unterrichtsstunde. Sie wußte, daß er jedes Jahr dieselbe Rede für die Studienanfänger hielt. »Schauen Sie nach rechts«, sagte er immer. »Jetzt schauen Sie nach links. Die meisten Leute werden nächstes Jahr wahrscheinlich nicht mehr hier sitzen. Weg. Nicht gut genug für Starfleet. Werden Sie es sein?«

Die heutige kurze Predigt war genauso streng. »Darf ich Sie daran erinnern, daß Pünktlichkeit bei Starfleet eine Notwendigkeit ist«, sagte er. Er stand kerzengerade vor den Kadetten und hatte seine Hände hinter dem Rücken verschränkt. »Und ich will noch etwas hinzufügen: An allen Unterrichtsstunden muß unbedingt teilgenommen werden. Alle Kurse sind notwendig, um ein vollständig ausgebildeter Starfleet-Offizier zu werden.«

Obwohl Wiley nicht in ihre Richtung schaute, warfen Beverly und Claire sich Blicke zu. Beverly wußte, daß diese kurze Predigt ihnen beiden gewidmet war.

Wiley begab sich an die zentrale Computerkonsole. Dort wartete schon Commander Vadoc, ein Ausbilder der Medizinischen Fakultät von Starfleet. Der Vulkanier war dafür verantwortlich, die Holodecksimulationen für die Starfleet-Medizinstudenten auszuwählen, und half Wiley oft dabei, die einzelnen Übungen anzukündigen.

»Das Team für die erste Simulation besteht aus T'Kavar und Howard«, kündigte Vadoc an. Er las von einem Bildschirm ab. »Sie werden versuchen, den Benthos-Asteroidengürtel zu passieren. Ihr Shuttle hat den Gürtel soeben erreicht. Zu Ihrer Besatzung gehört ein andorianischer Fähnrich. Ihr Ziel ist der Planet Pella jenseits des Gürtels. Wenn Sie beide bereit sind, müssen Sie wie üblich die Sensorfläche betreten. Das Programm wird dann beginnen.«

Beverly und T'Kavar gingen zu der kreisrunden

Fläche im Boden, um die erste Simulation zu beginnen.

Mit einem Zischen öffnete sich plötzlich die Tür, und Stephen Cody und Imto Partigle hasteten herein.

»Kadett Partigle«, sagte Wiley wütend. »Wie schön, daß Sie auch kommen konnten. Sie haben meine Ausführungen zum Thema Pünktlichkeit leider versäumt, also werde ich sie nach dem Unterricht für Sie wiederholen. Bitte setzen Sie sich zu den anderen Kadetten.« Wiley wandte sich Stephen zu. »Aha, mein Assistent hat es auch endlich geschafft, Kadett Cody. Ich erwarte, daß Sie pünktlich zu Veranstaltungen erscheinen, die Ihnen zugeteilt wurden. Sie haben eine Aufgabe zu erfüllen. Bitte nehmen Sie mit mir am Simulationscomputer Platz.«

Stephen eilte hinter die Konsole und stellte sich neben Wiley. Er schenkte den Offizieren ein gezwungenes Lächeln. »Ich erwarte Ihre Anweisungen, Sirs.«

»Bitte betreten Sie die runde Sensorfläche in der Mitte des Raums«, wies Vadoc die beiden wartenden Kadetten an. »Sie müssen sich mit allen generellen und medizinischen Notfällen beschäftigen, die aufkommen. Beginnen Sie, wenn Sie bereit sind.«

Beverly und T'Kavar sahen sich an und nickten. Als sie auf die Sensorfläche traten, schien sich der mit Kadetten und Computern gefüllte Raum aufzulösen. Sie waren plötzlich an Bord eines Föderations-Shuttles. Aber es war der Bildschirm, der Beverlys Aufmerksamkeit erregte. Eine dichte Ansammlung felsiger Asteroiden lauerte vor ihrem winzigen Raumschiff.

Eine Sirene ertönte und verkündete die Alarmstufe

Gelb, und eine Computerstimme meldete sich zu Wort.

»Warnung. Shuttle ist in den äußeren Grenzbereich des Benthos-Asteroidengürtels eingedrungen.«

T'Kavar setzte sich rasch auf den linken Pilotensitz. Ihre Finger flogen über die Computer, die die Mikrofusion-Manövrierdüsen des Shuttles steuerten. »Ich kümmere mich um das Shuttle«, rief sie Beverly zu. »Wenn ich die Manövrierdüsen drossele, sollte uns das genügend abbremsen, damit ich uns sicher durch den Gürtel steuern kann.«

»Warnung. Kommunikationsverbindungen wurden unterbrochen.«

Beverly setze sich neben T'Kavar. Sie berührte mehrere rechteckige Sensorflächen auf der Kommunikationskonsole und las mit ernstem Gesicht die Anzeigen. Die Verbindungen mit Starfleet und Pella waren definitiv erloschen. Den Informationen auf dem Bildschirm zufolge störten die metallhaltigen Asteroiden den Empfang. Sie drückte mehrere Schaltflächen, um die Störungen zu kompensieren, und lächelte, als das rote Warnlicht über der Konsole gelb wurde.

»Kommunikationsverbindungen wiederhergestellt.«

Die beiden Kadetten hörten ein lautes Stöhnen hinter sich. T'Kavar schaute Beverly mit hochgezogener Augenbraue an.

»Ich kümmere mich darum«, erwiderte Beverly und schnappte sich einen holographischen Medo-Tricorder. Sie hastete zum Heck des Shuttles. Hinter dem letzten Sitz lag ein junger, blauhäutiger andorianischer Fähnrich. Der linke Fühler auf seinem Kopf war gebrochen und blutete, und sein Arm war auf unnatürliche Art nach hinten verdreht.

»Ich … ich bin gegen ein Schott geschleudert worden, als der erste Asteroid uns getroffen hat«, flüsterte der Fähnrich.

»Der erste Asteroid? Wir sind getroffen worden, bevor …«

Das Raumschiff schlug plötzlich nach links aus. Der Fähnrich hielt sich mit seinem gesunden Arm am Sessel fest. Beverly fiel hin und verlor den Medo-Tricorder. Sie riß die Arme über den Kopf, als eine Konsole über ihr auf einmal Funken sprühte, und schaute rasch nach vorn. T'Kavar saß noch an ihrem Platz und hielt sich an der Konsole fest. Mit unbeweglich ernstem Gesicht konzentrierte sie sich auf die Steuerung.

Beverly wandte sich wieder dem laut stöhnenden Fähnrich zu. Sie kroch zu ihm und machte nur kurz halt, um den heruntergefallenen Tricorder aufzuheben. Sie kniete sich neben den Andorianer und untersuchte mit dem Instrument schnell seinen ganzen Körper.

»Ihre Schulter ist ausgerenkt, und Sie haben eine Gehirnerschütterung. Bleiben Sie … Autsch!« rief sie, ließ den Tricorder wieder fallen und hielt sich die rechte Hand. »Ich habe einen Schlag bekommen!«

Das Shuttle schaukelte plötzlich heftig hin und her. Beverly hielt sich, so gut es ging, am nächsten Sitz fest, als die Sirene aufjaulte und die Alarmstufe Rot auslöste.

»Warnung. Direkter Treffer an den Backbord-Manövrierdüsen. Schäden an den Antriebssystemen. Ausweichmanöver werden empfohlen.«

»Beverly!« übertönte T'Kavar das Geräusch sich verbiegenden Metalls. »Ich versuche, alle Antriebsbefehle an die Manövrierdüsen abzustellen. Bist du verletzt?«

»Nein, ich glaube nicht!« schrie sie gegen den Lärm an und betrachtete ihre pochende Hand.

»Kümmere du dich um den Fähnrich! Ich versuche, mit Pella oder Starfleet Kontakt aufzunehmen!«

»In Ordnung!« rief Beverly zurück und wandte sich dann dem Fähnrich zu. Als der Andorianer versuchte, sich zu bewegen, verzerrte sein Gesicht sich vor Schmerz. »Bleiben Sie einfach ruhig liegen«, redete sie ihm mit bebender Stimme gut zu. »Lassen Sie mich sehen, was ich …«

»Warnung. Explosionsgefahr. Überlastung des Impulstriebwerks. Explosion in drei Sekunden … zwei Sekunden … einer Sekunde …«

Die Lichter verdunkelten sich. Beverly beobachtete, wie sich das Raumschiff und der andorianische Fähnrich vor ihr auflösten. Sie sah Claire, die mitleidig lächelte. Beverly versuchte, das Lächeln zu erwidern, aber es gelang ihr nicht. Ihre Hand kribbelte, und als sie aufstand, hatte sie das Gefühl, daß sie die ganze Simulation über den Atem angehalten hatte.

»Simulation beendet«, verkündete Vadoc.

Wiley kam hinter seiner Konsole hervor. »Sie sind gerade mit ihrem Shuttle explodiert, Kadetten«, sprach er das Offensichtliche aus. »Kadett T'Kavar, Sie müssen lernen, sich mehr auf den Autopiloten zu verlassen. Der Schiffscomputer kann in der Regel schneller manövrieren als ein Vulkanier – und die meisten anderen vernunftbegabten Wesen. Insbesondere, wenn sie von so vielen kleinen Objekten umgeben sind«, stellte er fest. Er wandte sich Beverly zu. »Kadett Howard, Ihnen möchte ich raten, Ihren Patienten schneller zu stabilisieren – und zu üben, ihren Tricorder besser festzuhalten.«

Gelächter hallte durch das Holodeck. »Jawohl, Sir«, antwortete sie. Sie fühlte, daß sie errötete. »Aber, Sir, ich hatte das Gefühl, der Tricorder habe mir einen elektrischen Schlag versetzt.«

»Ich werde das überprüfen, Kadett. Bitte setzen Sie sich wieder. Beide«, wies Wiley sie an. Als er wieder hinter die Konsole ging und mehrere Sensoren betätigte, wandte er sich an die ganze Klasse. »Ich möchte Sie daran erinnern, daß es nicht darum geht, ob es Ihnen gelingt, eine Explosion zu verhindern oder einen Patienten zu heilen. Wir überprüfen Ihre Reaktionen unter den verschiedensten Bedingungen. Und Sie lernen, wie es ist, sich in einer Notlage zu befinden.« Wiley zögerte, schaute auf die Anzeigen und wandte sich dann wieder Beverly zu. »Hmm ... es tut mir leid, Kadett Howard. Ich sehe kein Anzeichen für einen elektrischen Schlag durch den Tricorder. Vielleicht haben Sie sich das Handgelenk verdreht, als Sie gegen den Sitz gefallen sind.«

Beverly nickte und schaute auf ihre Hand. Sie kribbelte noch immer. »Vielleicht.«

Wiley nickte Vadoc zu. »Die nächste Simulation bestreiten die Kadetten Voy und Peterson«, fuhr der vulkanische Commander fort.

Claire lächelte Beverly wieder an, als sie und Kadett Peter Peterson die runde Sensorfläche betraten. Beverly wußte nicht viel von diesem Kadetten im zweiten Lehrjahr. Sie hatte gehört, daß er den Kurs über medizinische Notfälle in seinem ersten Jahr wegen einer dringenden Familienangelegenheit verpaßt hatte und ihn jetzt nachholte. T'Kavar hatte ihr einmal erzählt, er sei der Enkel von Admiral Cartwright. Vor über fünfzig Jahren hatten der Admiral und ein paar Helfer versucht, die Friedensgespräche zwischen den Klingonen und der Föderation zu sabotieren, indem sie den klingonischen Kanzler ermordeten. Aber der Plan war fehlgeschlagen. Beverly erinnerte sich, daß Captain James T. Kirk und ein Teil seiner Besatzung der *U.S.S. Enterprise* den Plan aufgedeckt und den Anschlag verhindert hatten. Die historische Konferenz von Khitomer lief planmäßig ab, und einige Jahre später schloß die Föderation einen Friedensvertrag mit den Klingonen. Peter schien fest entschlossen, den Ruf seiner Familie bei Starfleet für die Zukunft wiederherzustellen.

»Sie werden sich auf einem Raumschiff der Föderation befinden«, erläuterte Vadoc, der von dem Bildschirm vor sich ablas. »Kadett Peterson, Sie sind der Erste Offizier der *U.S.S. Gallant*, einem fiktiven Starfleetschiff. Es ist gerade von einem romulanischen Bird-of-Prey mit Phasern und Photonentorpedos beschossen worden. Kadett Voy, Sie werden der Lieutenant Commander des medizinischen Teams an Bord sein. Sie sind gerade auf die Brücke gerufen worden. Sie müssen sich mit allen generellen und medizinischen Notfällen beschäftigen, die dort aufkommen. Beginnen Sie, wenn Sie bereit sind.«

Als die beiden die Sensorfläche betraten, sahen Beverly und die anderen Studenten zu, wie sich der Raum vor ihnen auflöste und durch die umfangreiche Brücke eines Föderationsschiffes ersetzt wurde. Als eine Sirene die Alarmstufe Rot auslöste, richteten sich mehrere Brückenoffiziere mühsam wieder auf und versuchten, ihre Stationen zu erreichen. Der taktische Offizier meldete Phasertreffer auf den Decks drei und vier, aber die Schutzschilde hielten. Der Offizier an der Operatorkonsole brummte unterdrückt und gab bekannt, daß das romulanische Kriegsschiff sich wieder getarnt hatte. Der Captain bestätigte die Aussagen der Offiziere und eilte dann zur Navigationskonsole, um beim Löschen eines kleinen Kabelbrandes zu helfen.

Peter half dem Steuermann dabei, zurück zu seinem Sitz zu kriechen, als Claire ihn anstieß und auf den Bildschirm zeigte. Sie keuchten beide, als die Sterne sich zu kräuseln schienen und ein romulanisches Schiff sich enttarnte. Als es an der *Gallant* vorbeiflog, traf das Föderationsschiff ein weiterer Phaserstrahl. Peter wurde nach rechts geschleudert, während Claire auf dem Boden neben dem Captain landete.

»Doktor!« übertönte der Captain die Sirene. Er half Claire auf die Füße. »Kümmern Sie sich um den Ersten Offizier. Er ist dort drüben«, sagte er und deutete auf Peter. »Steuermann, bringen Sie uns hier weg. Weg von dem Bird-of-Prey. Kurs eins-sieben-zwo! Warp sieben!«

Claire lief zu Peter. Er hatte die Augen geschlossen und hielt sich den Bauch. »Peter, alles in Ordnung mit dir?« fragte sie, nahm einen holographischen Medo-Tricorder, beugte sich hinab und untersuchte ihn mit dem Instrument.

Peter riß die Augen auf – und begann heftig zu zittern.

»He, Peter«, flüsterte Claire ihm zu, »das machst du gut. Man könnte wirklich glauben, daß du verletzt bist.« Sie zögerte und schlug gegen eine Seite des Tricorders. »Komisch. Ich kann aus dem Ding keine Meßwerte herausbekommen.«

Beverly war verwirrt. Sie rutschte unruhig auf ihrem Stuhl hin und her, während sie ihre Zimmergenossin von der Seite beobachtete. Peter zitterte weiterhin unbeherrscht, während Claire versuchte, Messungen durchzuführen. Er war sehr überzeugend als Patient. Genaugenommen etwas *zu* überzeugend, fand Beverly.

Sie hielt es nicht mehr aus. Obwohl es gegen die Regeln verstieß, lief sie zu Claire herüber. »Was ist mit Peter los?« rief sie in den Lärm hinein.

»Bev ... Was machst du ... Ist schon gut, Bev, geh zurück«, protestierte Claire, schaute sie ernst an und winkte Beverly zurück an den Rand. »Peter spielt nur seine Rolle in der Simulation, klar?«

»Das glaube ich nicht, Claire«, antwortete sie. Sie beugte sich rasch herab und schob den Medo-Tricorder weg von Peter. Er rutschte Claire aus der Hand und fiel klappernd zu Boden.

Beverly verzog das Gesicht, als der Captain im Hintergrund noch immer Befehle brüllte. Sie griff in die Tasche ihres Overalls und zuckte zusammen, als sie mit ihrer schmerzenden Hand ihren eigenen kleinen Medo-Tricorder herauszog. Peter rührte sich nicht. Sie tastete damit seinen Kopf und seine Brust ab und rief dann in den Lärm: »Er hatte eine Art Anfall – oder einen Schock.« Sie nahm Peters Hand. Sie war kalt und feucht. »Computer! Beende Programm!«

Beverly fuhr zusammen, als der Lärm urplötzlich aufhörte und das Raumschiff um sie herum verschwand. Claire kniete auf dem Boden neben ihr und starrte Peter an. Beverly blickte auf und sah in die verblüfften Gesichter ihrer Klassenkameraden.

Auf einmal bemerkte sie Wiley und Vadoc neben sich und machte ihnen Platz. Vadoc untersuchte Peter mit seinem Medo-Tricorder und aktivierte seinen Kommunikator. »Medizinischer Notfall. Unmittelbarer Transport zur Krankenstation fünf. Zwei Personen beamen. Energie.«

Alle sahen stumm zu, wie Peter und Vadoc vom Holodeck gebeamt wurden. Peter war blaß und fast bewußtlos. *Wenigstens atmet er noch,* dachte Beverly.

Als das hohe Sirren des Transporters verklungen war, ging Wiley auf Claire zu und fuhr sich mit den

Fingern durch sein kurzes, blondes Haar. »Was ... haben ... Sie ... getan?« fragte er, wobei er jedes einzelne Wort betonte.

Claire war ganz starr vor Schreck. »Gar nichts, Sir, ich ...«

»Gar nichts? Was wollen Sie damit sagen?« unterbrach er sie. »Sie müssen etwas getan haben. Holodecks haben Sicherheitsvorkehrungen. Es kann niemandem etwas passieren.« Er verstummte kurz und schien sich zu sammeln. »Ich wiederhole. Was haben Sie getan?«

»Nichts. Ich habe nur bei der Simulation mitgewirkt. Wirklich«, protestierte Claire und stand auf, um Wiley ins Gesicht zu sehen. »Der Tricorder schien nicht zu funktionieren, also habe ich ...«

Beverly stand neben Wiley. »Sir, ich habe zugesehen. Vielleicht war es ein elektrischer Schlag, wie auch ich ihn zuvor gespürt habe. Ich weiß, daß Kadett Voy nicht ...«

»Ich habe Sie nicht nach Ihrer Meinung gefragt, Kadett Howard«, erwiderte er und funkelte Beverly an. Sie trat schnell einen Schritt zurück, als er sich wieder Claire zuwandte. »Erinnern Sie sich daran, irgendeinen falschen Knopf gedrückt zu haben? Sind Sie über irgendeinen Gegenstand gestolpert?«

»Nein, Sir«, protestierte Claire mit bebender Stimme. »Ich war noch nicht einmal in der Nähe der Konsolen. Ich habe nur bei der Simulation mitgewirkt. Was mit Peter passiert ist, war nicht meine Schuld. Das kann gar nicht sein.«

»Das werden wir noch feststellen«, sagte Wiley. Er drehte sich auf dem Absatz um und marschierte auf den Ausgang des Holodeck-Klassenzimmers zu.

Als er sich der Tür näherte, füllte plötzlich das Pfeifen des Transporters den jetzt stillen Raum. Commander Vadoc erschien und ging auf Wiley zu. »Commander Wiley, Sie kommen besser mit mir. Als Professor sind Sie für die Simulationen verantwortlich.«

»Ja, ich weiß. Also lassen Sie mich meinen Job erledigen und herausfinden, was geschehen ist«, sagte Wiley und ging an Vadoc vorbei.

»Ganz im Gegenteil, Commander«, sagte Vadoc in sachlichem Tonfall, als er Wiley fest am Arm packte. »Sie sollen sich sofort bei Ihrem vorgesetztem Offizier melden. Ein Kadett, vielleicht auch zwei«, sagte er und nickte in Beverlys Richtung, »ist unter Ihrer Aufsicht verletzt worden. Ein einzelner Zwischenfall dieser Art mag als Unfall angesehen werden. Ich will keine voreiligen Schlußfolgerungen ziehen, aber zwei solcher Zwischenfälle könnten auf Absicht hindeuten.«

Wiley starrte Claire an. »Das werden wir auch noch feststellen«, knurrte er und ging durch den Ausgang, dicht gefolgt von dem vulkanischen Commander.

6

Claire schaute sich in ihrem Zimmer im Wohnheim um und seufzte. Sie senkte verwirrt den Kopf. »Warum ist es mir nicht aufgefallen?«

»Du hast keinen Grund, dir die Schuld zu geben, Claire«, sagte Imto Partigle, dessen buschige weiße Augenbrauen sich über seiner Nase zusammenzogen, als er die Stirn runzelte. »Wir haben alle gedacht, Peters Reaktion sei Teil der Simulation.«

»Und wir wissen noch immer nicht, was genau mit Peter passiert ist«, fügte Dewley Breech hinzu, der mit einer Hand sein Kinn stützte. »Oder auch, was mit dir passiert ist, Bev. Was macht deine Hand?«

»Der geht es inzwischen wieder gut«, antwortete sie und streckte die rechte Hand aus. »Als wäre gar nichts passiert. Aber ich weiß genau, daß ich etwas gespürt habe.«

Claire schenkte der Diskussion keine Beachtung. »Ich hätte es wissen müssen«, fuhr sie fort. »Mir hätte klar sein müssen, daß etwas nicht stimmt, als dieser blöde Medo-Tricorder nicht funktionierte. Bev hat es gewußt.« Claire boxte frustriert in das Kissen, das neben ihr lag.

»Claire, ich habe die Simulation aus einer anderen Perspektive gesehen«, erwiderte Beverly. Sie wußte, daß nichts, was sie sagte, Claire aufheitern konnte.

»Nicht nur das, es ist ziemlich aufregend, sich in einer Simulation zu befinden«, erklärte T'Kavar, die sich gegen Beverlys Schreibtisch lehnte. »Dinge werden verzerrt. Man ist oft nicht in bester Form. Deshalb legt Starfleet ja auch so großen Wert auf diese Art von Unterricht. Damit wir uns daran gewöhnen, in Notsituationen schnell zu reagieren.«

»Soll mich das etwa trösten, T'Kavar?« fragte Claire und sah die Vulkanierin streng an.

»Es ist die Wahrheit.«

Beverly seufzte und starrte zu Boden. Langsam wurden alle müde und gereizt. Seit einer Stunde sprachen sie schon über die Simulationen und versuchten herauszufinden, was passiert war. Sie hatten sogar die Simulation nachgestellt, in der Peter den Unfall gehabt hatte. Imto spielte den Captain, T'Kavar hatte Claires, Dewley Peters Rolle übernommen. Beverly und Claire versuchten, von ihren jeweiligen Standpunkten aus sich an jede einzelne Bewegung zu erinnern. Aber es nutzte alles nichts. Sie konnten noch immer nicht herausfinden, was geschehen war.

Beverlys Türsummer ertönte. Die Tür öffnete sich zischend, und Gren Edut betrat das Zimmer. Beverly hatte das Gefühl, als wartete sie bei einem Prozeß auf das Urteil der Geschworenen.

»Ich habe mit meinem Freund gesprochen, der in der Krankenstation arbeitet«, sagte Gren. Er stand vor Claire und Beverly, und die anderen versammelten sich um ihn. »Peter geht es besser, aber er hat einen schweren Schock erlitten. Die Ärzte sagen, er wird noch tagelang nicht zum Unterricht kommen können.«

Gren erklärte des weiteren, daß Peter sich den ganzen Tag schon nicht wohl gefühlt hatte, das aber nichts mit dem Nervenschock zu tun haben konnte, den er erlitten hatte. Den Ärzten zufolge sah es fast so aus, als sei er von einem starken Phaserstrahl getroffen worden. Der Schock hatte ihn nicht nur wie ein echter Phaser betäubt, sondern kurzzeitig fast alle Nervenverbindungen in seinem Körper unterbrochen. Peters Hände und Füße waren immer noch taub.

»Erinnert sich Peter an irgend etwas?« fragte Imto.

»Nein. Nur, daß ihm kurz vor dem Unterricht übel war. Er sagt, daß er sich an nichts mehr erinnert, seit er von der Simulation quer über die Brücke geworfen wurde.« Gren zögerte und verschränkte die langen Finger vor sich. »Ich habe auch den vorläufigen Untersuchungsbericht gehört. Er besagt, daß es im Holodeck *keine* Fehlfunktion gegeben hat.«

»Bedeutet das, daß es kein Unfall war?« fragte Imto. Er kratzte sich am Kopf und sah Beverly an. »Hat der holographisch erzeugte andorianische Fähnrich dir vielleicht den elektrischen Schlag versetzt?«

»Das glaube ich nicht, Imto. Außerdem war er nicht mehr da, als Peter den Schlag abbekam.«

»Von uns glaubt doch bestimmt keiner, daß Claire Peters Schock verursacht hat«, fügte Dewley hinzu. »Meiner Meinung nach kann der Schuldige nur derjenige sein, der die Simulation entwickelt hat – und das macht Wiley zum Hauptverdächtigen. Aber ich kann mir nicht erklären, warum er Peter etwas antun wollte.«

»Vielleicht war er einfach nur nachlässig?« schlug Gren vor.

»Oder vielleicht wollte er irgendeinen von uns verletzen. Egal wen«, erwiderte Imto mit nachdenklichem Blick in den großen, dunklen Augen.

»Es gibt noch eine andere Erklärung, wenn es um Peter geht«, sagte T'Kavar und verschränkte die langen Arme vor der Brust. »Peters Großvater war einer der Drahtzieher der Verschwörung, die die frühen Friedensgespräche zwischen den Klingonen und der Föderation auf Khitomer verhindern wollte. Ich weiß, daß Wiley als Kadett im dritten Jahr auf Khitomer war. Er tat Dienst auf der *U.S.S. Magellan*, die auf einer Schulungsmission zu dem Planeten geschickt worden war. Und er war immer ein Fürsprecher der Allianz zwischen den Klingonen und der Föderation.«

Dewley sah T'Kavar an. »Woher weißt du das alles?« fragte er.

»Ich lese viel.«

»T'Kavar, glaubst du, Wiley beabsichtigte, Peter zu verletzen, weil sein Großvater den Frieden sabotieren wollte?« fragte Beverly mit besorgtem Stirnrunzeln.

»Ich beschuldige niemanden«, sagte T'Kavar mit ihrer wie üblich ausdruckslosen Miene. »Ich weise nur auf eine weitere Möglichkeit hin. Wie die Vorschläge der anderen handelt es sich um reine Spekulation.«

»Aber warum sollte er Beverly schaden?« fragte Dewley.

»Sie wurde nicht ernsthaft verletzt«, erwiderte T'Kavar, »und erhielt den elektrischen Schlag, den sie spürte, nur aus Versehen.«

»Wiley hat Beverlys Beschwerde sehr schnell verworfen«, fügte Imto hinzu.

Die Kadetten in Beverlys und Claires Zimmer verstummten alle. Claire nahm sich plötzlich eine Jacke und ging hinaus. Dewley sah Beverly an. »Soll ich ihr nachgehen?«

Beverly schüttelte den Kopf. Sie wußte, daß Claires Ziel die zweite Etage von Regent Hall sein würde. Sie wußte auch, daß sie selbst am liebsten dasselbe getan hätte: Commander Wiley zur Rede stellen. Sie warf ihre Jacke über und folgte Claire.

Ihr Adrenalinspiegel ist verdammt hoch. Und meiner auch, dachte Beverly, als sie ihre Zimmergenossin aus der Entfernung betrachtete. Auch sie wollte wissen, warum Wiley oder sonst jemand vorhatte, einem Kadetten etwas anzutun. Und sie wollte wissen, was er verbarg – warum er nicht auf sie gehört hatte, als sie ihm gesagt hatte, daß sie einen Schlag bekommen hatte.

Sie holte Claire ein, als sie den Eingang von Regent Hall erreicht hatten. Keine der beiden sagte auch nur ein Wort, als sie das Gebäude betraten. Auf dem Weg zu Wileys Büro begegneten sie niemandem. Beverly war froh, daß die Gänge leer waren. Die anderen Studenten studierten um diese Uhrzeit in Lesesälen, waren auf dem Weg zur Mensa, um das Abendessen einzunehmen, oder bereiteten sich in ihren Wohnheimen auf den Unterricht des nächsten Tages vor.

Claire betätigte den Türsummer an Wileys Bürotür. Sie erhielt keine Antwort. »Computer«, sagte sie zu der Kontrollfläche an der Wand. »Wo ist Commander Max Wiley?«

»Commander Max Wiley befindet sich zur Zeit im Erdgeschoß von Regent Hall.«

Die beiden Kadetten sahen sich erschrocken an, als

das Geräusch von Schritten auf der Treppe ertönte. Commander Wiley kam um die Ecke und blieb stehen. Ein abweisendes Lächeln legte sich auf seine Lippen.

»Wunderbar. Einfach wunderbar. Erst muß ich zu Muti, und jetzt auch noch Sie beide.«

»Wir wollen uns nur mit Ihnen unterhalten«, sagte Claire, deren bebende Stimme kaum mehr als ein Flüstern war.

Wiley lachte leise vor sich hin und ging an den Kadetten vorbei, um die Tür zu seinem Büro zu öffnen. »Eigentlich können Sie genausogut hereinkommen«, sagte er, als die Tür sich zischend öffnete. Beverly hatte den Commander noch nie so bedrückt gesehen. Auf einmal machte sie sich Sorgen. In den drei Wochen, die er sie nun schon unterrichtete, hatte er stets Stolz ausgestrahlt. Er hatte mit dem Selbstbewußtsein gesprochen, das nur echte Autorität einem verleiht. Der Mann, der jetzt vor ihr stand, war gebeugt und müde. Es schien beinahe, als sei ihm alles gleichgültig. Als habe er aufgegeben.

Sie folgten dem Commander in das Büro. Beverly sah sich um und bemerkte zwei Regale mit alten Büchern und Stapel von Computerdisketten. Davor stand ein großer Schreibtisch aus Glas und Metall. Das Büro war genau wie Wiley: sauber, professionell und makellos ordentlich.

»Commander Wiley, es ist vollkommen ausgeschlossen, daß ich während der Simulation etwas falsch gemacht habe …«, begann Claire.

»Ja, ja, ja«, sagte er und ließ sich in einen prallen Sessel in der Ecke fallen. Er wollte einen Minicomputer auf den Schreibtisch werfen, verfehlte ihn aber, und das Gerät fiel scheppernd zu Boden. Beverly wollte es aufheben. »Lassen Sie es nur liegen. Tritt sich fest«, brummte er und sah wieder Claire an. »Ich nehme an, Sie wollen mir jetzt schwören, daß Sie nichts falsch gemacht haben. Daß Sie eine herausragende Studentin sind.«

Claire blinzelte und stellte sich gerade hin. »Ich war eine der besten Kandidatinnen im Simulationsteil der Starfleet-Aufnahmeprüfung.«

»Ich weiß, Kadett Voy«, erwiderte Wiley. Er stand auf und orderte einen Kaffee an seinem Replikator. Er nahm den dampfenden Becher heraus und setzte sich wieder. »Ich war dabei, wissen Sie noch?« fuhr er

fort. »Aber das heißt trotzdem nicht, daß Sie heute nichts falsch gemacht haben.«

»Aber was denn?« protestierte Claire.

»Das weiß ich nicht. Noch nicht«, stellte er fest und zeigte auf Claire. »Aber es sieht so aus, als ob diese ›herausragende Studentin‹ es gestern fertiggebracht hat, den Unterricht zu schwänzen. Warum sollte ich jemanden, der so dreist die Regeln mißachtet, nicht verdächtigen?«

Claire legte eine Hand auf die Stirn und wandte sich ab. Beverly trat vor. »Commander Wiley, ich muß Sie etwas fragen. Warum haben Sie meine Aussage, während der Simulation einen Schlag bekommen zu haben, einfach so verworfen?«

»Weil es keinen Hinweis darauf gab, Kadett Howard«, sagte er bitter. »Sie sind schließlich auch durch die Kabine geschleudert worden. Als zukünftige Ärztin müssen Sie doch wissen, daß bei einem Sturz großer Druck auf einen Nerv entstehen kann. Sie sind wahrscheinlich so gestürzt, daß es sich wie ein Schlag anfühlte.«

Beverly drückte frustriert die Lippen zusammen. »Hat jemand die Aufzeichnung der Computersimulation genau untersucht?« fragte sie. »Vielleicht stimmt ja auch etwas mit der Aufzeichnung selbst nicht. Möglicherweise ist im Verlauf der Simulation etwas damit geschehen, wodurch Peter – und vielleicht auch ich – einen Schlag abbekommen hat.«

»Machen Sie sich nicht lächerlich«, sagte er spöttisch. »Kadett, Sie haben keinen Elektroschock erlitten. Und was Petersons Simulation angeht … die habe ich selbst entwickelt. Und sie funktionierte vor und nach«, er zeigte wieder auf Claire, »Ihrem kleinen Zwischenfall einwandfrei.«

Claire beugte sich über den Schreibtisch und schaute Commander Wiley in die Augen. »*Ich* habe nichts falsch gemacht.«

»Sie müssen etwas falsch gemacht haben. Warum wäre...« Wiley beendete den Satz nicht. Er lächelte unvermittelt und trank wieder von seinem Kaffee. »Sie beide...«, setzte er an. Er blickte nacheinander Claire und Beverly an. »Sie beide glauben auch, daß ich schuldig bin«, sagte er leise, »genau wie der Rest von Starfleet das glaubt. Sie glauben, daß ich irgend etwas mit der Simulation angestellt habe.«

»Commander, wir wissen alle nicht, was wirklich passiert ist«, wehrte Beverly ab.

Wiley tat so, als habe er Beverly nicht gehört. Sie kannte diesen Blick – ein Blick voller Zorn und Verbitterung. »Ich hätte es wissen müssen«, flüsterte er. »Sie versuchen, mich zu dem Geständnis zu verleiten, meine eigene Simulation manipuliert zu haben, um meine Kadetten zu verletzen.«

Er stand auf und schlug mit der Faust auf den Tisch. »Aber das wird Ihnen nicht gelingen. Und jetzt machen Sie, daß Sie hier rauskommen!«

7

Beverly tobte innerlich. *Das ist doch unmöglich,* dachte sie. *Peter wäre fast bei der Simulation gestorben. Ich hätte auch ernsthaft verletzt werden können.* Warum bloß konnte sie Wiley nicht überzeugen, daß er unrecht hatte – daß sie einen Schlag bekommen hatte und etwas mit Claires und Peters Simulation nicht in Ordnung war? Warum wollte er das nicht einsehen?

Claire saß in sich zusammengesunken hinter ihrem Schreibtisch. Der Bildschirm vor ihr blinkte in Erwartung der nächsten Eingabe. »Ich kann jetzt nicht lernen«, stöhnte sie.

Beverly seufzte. Sie wußte genau, was in ihrer Zimmergenossin vorging. Schließlich hatte auch sie ihren Computer seit einer Stunde nicht mehr angerührt. »Claire, ich bin hundemüde. Vielleicht sollten wir uns hinlegen. Die Sache mal überschlafen. Wer weiß, morgen kann alles schon wieder viel besser aussehen.«

Claire murmelte zustimmend. Als Beverly die Computer und das Lichter ausschaltete, kroch sie langsam unter ihre Decke.

Das Einschlafen fiel Beverly nicht leicht. Wie sie sich auch drehte und wendete, jede Stellung war ihr unbequem. Warum gab Wiley lieber jemand anderem die Schuld, als der wirklichen Ursache des Unfalls nachzugehen?

Um ein Uhr morgens schaute sie zum letzten Mal

auf das Chronometer neben ihrem Bett. Endlich schlief sie ein und träumte, daß sie versuchte, eine Simulation aufzuhalten. Sie schrie den Computer an, er solle abbrechen. Sie berührte die Sensorflächen an der Wand. Aber was sie auch tat oder sagte, die Simulation ging weiter. Nach scheinbar nur kurzer Zeit erwachte sie schweißgebadet, als ein Wecker klingelte.

»Claire! Wir müssen aufstehen«, sagte sie und warf ihre Bettdecke zur Seite.

Sie bemerkte, daß auf ihrem Minicomputer ein Lämpchen blinkte. Gleichzeitig stellte sie fest, daß Claire nicht in ihrem Bett lag. Sie aktivierte den Minicomputer, und Claires Gesicht erschien auf dem kleinen Bildschirm.

»Hallo, Bev. Ich habe gerade eine Nachricht von Mrs. Oner erhalten. Sie bat mich, sofort zu kommen, weil sie sich nicht wohl fühlt. Sie hat mir früher mal geholfen, deshalb will ich mich jetzt revanchieren. Und, ja, ich habe bei Fähnrich Linn die Erlaubnis eingeholt. Ich versuche, nicht in Schwierigkeiten zu geraten. Bis später.«

Beverly putzte sich schnell die Zähne und wusch sich. Sie orderte an ihrem Replikator einen schwarzroten Overall für Kadetten der Medizinischen Fakultät und zog sich an. Nachdem sie sich die Haare gekämmt hatte, betrachtete sie sich in dem langen Spiegel, um sicher zu sein, daß sie so ordentlich aussah, wie es von einem Kadetten an der Akademie erwartet wurde. *Das einzige, was mit diesem perfekten Kadetten nicht in Ordnung ist,* dachte sie, *ist der besorgte Gesichtsausdruck.*

Sie sah sich noch einmal Claires Botschaft an. Sie zeigte zehn nach vier Uhr morgens an. Claire hatte die Nachricht vor fast drei Stunden hinterlassen.

Sie klopfte an Fähnrich Linns Tür und richtete den Kommunikator an ihrem Kragen. Fähnrich Linn, die die Aufsicht über das Wohnheim hatte, war schon angezogen. »Kadett Howard«, sagte der Junior-Fähnrich und nahm einen Minicomputer von einem Tisch neben der Tür. »Ich habe mich schon gefragt, wann Sie wohl auftauchen würden. Haben Sie die Nachricht von Kadett Voy vorgefunden?«

Beverly nickte. »Ja, und ich war sehr überrascht. Ich wußte gar nicht, daß Mrs. Oner krank ist. Claire spricht doch immer so viel von ihr.«

»Es hörte sich an, als sei es recht plötzlich gekommen«, sagte Fähnrich Linn und reichte Beverly den Minicomputer. Sie drückte den rechten Daumen darauf, um den Abdruck zur Identifikation zu registrieren. »Ich gebe Ihnen die Berechtigung, den Campus zwei Stunden lang zu verlassen«, sagte Linn und tippte die Zeiten in den Computer. »Damit können Sie heute morgen den Unterricht ausfallen lassen. Wenn Sie in zwei Stunden noch nicht wieder zurück sind, werde ich Sie über Ihren Kommunikator rufen. Wenn Sie sich zehn Minuten später noch nicht bei mir gemeldet haben, werde ich Bericht erstatten.«

Beverly nickte. »Ich bin noch nie bei Mrs. Oner gewesen. Ich gehe die Lyon Street bis zur Parker Street entlang, nicht wahr?«

»Ja, wenn Sie erst auf der Parker Street sind, können Sie es gar nicht mehr verfehlen. Und, Kadett«, fügte sie hinzu, als Beverly gehen wollte. »Ich habe Kadett Voy nichts davon gesagt, aber wenn es Ihnen nichts ausmacht… könnten Sie mir wohl berichten, was los ist?« bat sie mit sanfterer Stimme. »Ich kann Ihnen gar nicht sagen, wie oft ich in meinen vier Jahren bei der Akademie in Mrs. Oners Café gegangen bin. Und ich mache mir Sorgen um sie. Sie … na ja, sie ist eben etwas ganz Besonderes.«

Beverly verließ den Campus erst zum zweiten Mal, seit Sie an der Akademie angekommen war. Beim ersten Mal hatte sie in der ersten Schulwoche eine Freundin ihrer Großmutter besucht. Aber dabei hatte sie nicht das Gefühl gehabt, den Campus wirklich zu verlassen, da die Frau direkt gegenüber des Akademiegeländes wohnte.

Unterwegs vergaß Beverly fast die Sorgen des Vortags. Sie verlor sich ganz in den Morgengeräuschen der Stadt: Monorails brachten Pendler zu ihren Arbeitsplätzen in der Stadt. Ladentüren öffneten sich zischend für den Tag. Sie sah auch Straßenhändler von mehreren Planeten der Föderation, die ihre Waren ausbreiteten: Stoffe, Krimskrams und Halbedelsteine, die Touristen gern als Andenken kauften. Viele Straßen wurden von langen Reihen gepflegter, einstöckiger Häuser gesäumt. Einmal hielt sie an, um ein paar Kindern auf einem Schulhof dabei zuzusehen, wie sie in der Morgensonne spielten.

Beverly seufzte. Wenn sie die Augen schloß, hätte sie schwören können, auf Arvada III in seiner Blütezeit zu sein.

Als sie um eine Ecke bog, blieb ihr Blick an einem Schaufenster hängen. Es gehörte zu einem Blumengeschäft, und im Fenster stand eine Vase voller großer weißer und rosa Blumen. Sie starrte die Blumen an, bevor sie weiterging. Es waren Kamelien, die Lieblingsblumen ihrer Großmutter.

Fähnrich Linn hatte recht, dachte Beverly. Es war in

der Tat nicht schwierig, Mrs. Oners Café zu finden. Das umfunktionierte Einfamilienhaus fiel unter den anderen Gebäuden der Straße auf. Es war blaßgelb gestrichen und hatte rostrote Fensterläden, die zu den Dachziegeln paßten. Beverly fand, daß das Gebäude nach einem Haus aussah, wie es im späten einundzwanzigsten Jahrhundert in San Francisco üblich gewesen war. Auf einem großen weißen Schild stand in leuchtend roten Buchstaben der Name ›Mrs. Oners Café‹.

Auf dem Schild an der Tür stand ›geschlossen‹. Beverly spähte hinein, dann klopfte sie. Plötzlich erschien Claires Gesicht. »Bev, du hast mich gefunden«, sagte sie lachend, als sie die Holztür öffnete. Beverly hatte sie seit zwei Tagen nicht mehr lachen gesehen. *Und ich selbst habe in den letzten zwei Tagen auch nicht viel gelacht*, dachte sie.

»Du kommst gerade richtig«, sagte Claire. Sie führte Beverly an den runden Cafétischen vorbei in die Küche. »Mrs. Oner kocht ein seltsames Gebräu zusammen, und ich versuche, sie zu überreden, mir zu sagen, was es ist.«

»Aber ich dachte, sie sei krank.«

»Ich mußte mir etwas ausdenken, um den Campus verlassen zu können, ohne Ärger zu bekommen«, sagte Claire kleinlaut. »Ich mußte einfach mit Mrs. Oner über das Problem mit Commander Wiley sprechen.«

Beverly atmete tief ein, als sie die Küche betrat. Die wunderbarsten Düfte lagen in der Luft. Sie erkannte Muskat, Zimt und Nelken. Plötzlich roch sie Yumatia, ein süßes Gewürz von Betazed. Dann Fridd, von einer andorianischen Bohne, die oft als Kaffee-Ersatz genutzt wurde. Sie seufzte glücklich und fühlte sich auf einmal wohl in dem großen Haus.

»Ach, Beverly. Kommen Sie herein. Sie haben Hunger«, ertönte eine Stimme aus der Nähe des alten Küchenherds.

»Wer hätte das nicht, bei all diesen Gerüchen«, sagte Beverly atemlos, als sie sich nach der Stimme umdrehte.

Mrs. Oner sah so sanft aus, wie ihre Stimme geklungen hatte. Sie war groß und gertenschlank. Ihre langen Arme holten gerade eine Handvoll roter Blätter aus einem hohen Schrank. Nachdem sie sie in einen glänzenden Topf vor ihr geworfen hatte, sah sie Beverly an und lächelte. Ihre Augen waren dunkelblau und ihre Haut rötlich, als ob sie sich gerade das Gesicht intensiv gewaschen hätte. *Wahrscheinlich, weil sie immer über dampfenden Töpfen steht*, dachte Beverly.

Mrs. Oner wandte sich wieder ihrem Herd zu. »Ach, nein, Beverly. Die Menschen meines Volkes haben alle diese Hautfarbe«, sagte sie. »Wohl, weil wir so viel draußen sind und im grellen Sonnenlicht unsere Kräuter und Gewürze sammeln. Wir haben zwei Sonnen in unserem System, wußtest du das?«

Beverly starrte die ältere Frau einfach nur an.

Mrs. Oner lächelte wieder. Ihr gewelltes schwarzes Haar umrahmte ihr Gesicht, als sie am Inhalt das Topfes roch. »Lust auf Frühstück? Wir haben nur noch auf Sie gewartet.«

»Ja, danke. Ich … ich habe noch nichts gegessen. Ich bin vom Campus aus sofort hierhergekommen«, stammelte Beverly, aber ihr war klar, daß Mrs. Oner das auch schon zu wissen schien.

»Und wie geht es Fähnrich Linn? Sagen Sie ihr, sie soll sich keine Sorgen machen … daß es mir gutgeht«, fuhr sie fort. Ihr knöchellanges blaßblaues Kleid wallte hin und her, als sie den Herd abschaltete.

Beverly nickte. Dann fiel ihr auf, daß sie Fähnrich Linn gar nicht erwähnt hatte.

»Und wie haben Ihnen die Kamelien in unserem Blumenladen gefallen? Die Lieblingsblumen Ihrer Großmutter, nicht wahr?« fragte Mrs. Oner. Sie trug den dampfenden Topf zum großen Tisch in der Mitte des Raums.

»Hast du ihr das erzählt?« flüsterte Beverly Claire zu.

1995

Ihre Zimmergenossin zuckte mit den Schultern und schüttelte den Kopf. »Ich habe damit nichts zu tun.«

Jetzt lachte Mrs. Oner. Ein tiefer, angenehmer Klang, der auch Beverly und Claire zum Lachen brachte. Beverly konnte nicht sagen, warum. Mrs. Oners Lachen war einfach ansteckend.

»Ach, Beverly«, sagte sie und verteilte das Frühstück löffelweise auf drei Schüsseln. »Ich bin vom Planeten Muldan. Wir sind ... wie nennt man uns noch, Claire?«

»Berührungsempathen«, erklärte Claire. Sie ging zum Herd und rührte in einem kleineren Kupfertopf. »Sie können die Gefühle von Leuten lesen, indem sie sie berühren. Aber Mrs. Oner ist auch noch leicht telepathisch veranlagt. Sie weiß Dinge von dir, wenn sie nur in deine Nähe kommt.«

»Am liebsten wäre mir, wenn ich einfach eine Freundin für Sie sein könnte, Beverly«, erwiderte Mrs. Oner. »Kommt, setzt euch hin, ihr beiden.«

Beverly genoß den Geruch der kochenden Kräuter und Gewürze. Auch der Frühstücksbrei, den Mrs. Oner ›Yebba‹ nannte, schmeckte ihr ausgezeichnet. Einen Augenblick lang hatte Beverly wieder Heimweh. *Die Wärme, die Gerüche und das Lachen – es ist fast wie zu Hause bei Großmutter*, dachte sie.

Bald kam das Gespräch auf das Problem mit der Simulation und Commander Max Wiley. »Sie glauben also, daß Claire nichts falsch gemacht hat«, sagte Mrs. Oner, »und Commander Wiley der Schuldige ist?«

»Ich weiß, daß Claire während ihrer Simulation keinen Fehler gemacht hat«, erwiderte Beverly und legte ihren Löffel weg. »Und was Commander Wiley angeht... Ich weiß es einfach nicht. Ich bin mir sicher, daß ich während meiner Simulation auch einen Schlag bekommen habe, aber Wiley streitet ab, daß das passieren konnte. Er sagt, ich sei nur auf meine Hand gefallen. Es gibt auch noch andere Beweise, die in seine Richtung deuten.« Sie erklärte der älteren Frau, was alles gegen Commander Wiley sprach, bis hin zu T'Kavars Theorie über Wileys Verbindung zu Khitomer. »Aber warum sollte er uns schaden wollen?«

»Ach, Beverly«, antwortete Mrs. Oner. »Es ist schwer zu erklären, warum manche Leute anderen ein Leid antun. Aber sagen Sie mir eins: Glauben Sie wirklich, daß Commander Wiley zu so etwas fähig ist?«

»Er verlangt wirklich sehr viel von seinen Studenten und ist furchtbar streng«, antwortete sie und schaute der älteren Frau in die Augen.

»Danach habe ich nicht gefragt. Glauben Sie wirklich, daß Commander Wiley zu so etwas fähig ist?« wiederholte Mrs. Oner.

Beverly runzelte die Stirn und überlegte einen Moment lang. »Er ist bestimmt ein anspruchsvoller Lehrer. Und er ist alles andere als warm und freundlich. Aber... nein. Ich glaube nicht, daß er irgendeinem seiner Kadetten Schaden zufügen würde. Ich glaube, daß er so streng mit seinen Studenten ist, weil Starfleet ihm so viel bedeutet. Er versucht, ein Vorbild zu sein. Er will, daß uns Starfleet genausoviel bedeutet.«

Mrs. Oner neigte den Kopf. »Und?«

»Und so sehr ich es auch versuche«, seufzte Beverly, »ich kann mir einfach nicht vorstellen, daß er einem seiner Kadetten etwas antut. Auch wenn jemand ihn an Khitomer erinnert. Wenn er wirklich jemanden verletzt hätte, wäre es ein Unfall gewesen. Er würde zugeben, einen Fehler gemacht zu haben, und die Konsequenzen dafür hinnehmen.« Beverly schaute in ihre leere Schüssel. »Ich weiß auch nicht, warum ich den Commander so sehe. Es ... na ja, es ist halt so ein Gefühl.«

»Manchmal sind Gefühle das beste Mittel, um die Wahrheit herauszufinden.«

Claire stimmte widerstrebend zu. »Ich glaube, du hast recht. Auch wenn er mir immer noch die Schuld gibt«, sagte sie und rutschte auf ihrem Stuhl herum. »Warum sollte jemand, der Starfleet so sehr liebt, etwas tun, was seine Entlassung bedeuten könnte?«

Niemand sagte etwas. In dem kleinen Topf auf dem Herd blubberte und zischte es. Mrs. Oner stand auf und ging an den Ofen. Sie rührte langsam in dem Topf und sah Beverly fragend an. »Erklären Sie mir mal etwas. Alle überprüfen den Holodeck-Computer auf offensichtliche Defekte«, sagte sie mit ihrer sanften Stimme. »Warum versucht niemand herauszufinden, ob sich jemand an dem Programm zu schaffen gemacht hat? Müßte es nicht Fehler aufweisen, wenn ihr es nochmals ablaufen laßt?«

Die Kadetten starrten erst Mrs. Oner, dann einander an. »Ich glaube schon ... Meinst du nicht auch, Bev?« fragte Claire.

»Vielleicht«, antwortete Beverly. »Wir haben versucht, es nachzustellen. Wir haben nicht darum gebeten, das Programm selbst ablaufen zu lassen. Wiley hat *behauptet*, daß es nach unserem Unfall funktioniert hat. Aber vielleicht ist es an der Zeit, daß wir es selbst ausprobieren – ohne Wiley.«

»O nein!« rief Claire. »Heißt das etwa, wir müssen uns die Aufzeichnung von Wiley besorgen?«

»Nein, wir haben einen anderen auf unserer Seite: Dewley Breech. Komm mit«, sagte Beverly, stand auf und nahm Claires Arm. »Vielen Dank, Mrs. Oner. Tut mir leid, daß ich nach dem Essen gleich wieder gehe, aber wir müssen zurück zur Akademie und unsere eigene Untersuchung beginnen.«

8

Beverly und Claire rannten fast den ganzen Weg zurück zum Campus. Nachdem sie sich zurückgemeldet und Fähnrich Linn beruhigt hatten, daß es Mrs. Oner wieder besser ging, begaben sie sich sofort zu Dewley Breechs Zimmer.

Imto Partigle muß eine ausgesprochen geduldige Person sein, dachte Beverly, als sie den Raum betraten, den Dewley und Imto sich teilten. Imtos Mitbewohner hatte überall Aquarien stehen, in denen es genauso laut wie in Mrs. Oners Töpfen blubberte. An der hinteren Wand standen zwei große und drei kleine Aquarien. Jeder der Glasbehälter war halb mit Wasser gefüllt, enthielt Steine und hohe Gräser sowie ein buntes Sammelsurium von Dewleys Lieblingstieren: Molchen. Dewley hatte Beverly einmal erzählt, daß er schon seit Jahren Molche sammelte und es deren Pflege gewesen war, die ihn darauf gebracht hatte, Medizin zu studieren.

Imto tauchte hinter einem der größeren Aquarien auf und grinste. »Willkommen, werte Kommilitonen, in einem Raum voller Molche!« verkündete er. Der Arkturianer deutete eine Verbeugung an. »Wir haben Gras. Wir haben Steine. Und dazwischen haben wir kleine rote, gelbe und schwarze Molche. Und natürlich meinen persönlichen Liebling: den klitzekleinen roten Sprenkelmolch.«

»Er heißt rotgefleckter Molch!« rief Dewley hinter einem Aquarium in der Ecke.

»Ja, richtig«, fuhr Imto fort. »Rotgesprenkelter Molch.«

Dewley ging in die Mitte des Raums und schüttelte den Kopf. Er lächelte seinen Mitbewohner an und sprach den Namen des Lurchs noch einmal besonders deutlich aus. *»Rotgefleckter Molch.«*

Imto zuckte mit den schmalen Schultern. »Was soll's. Ich verstehe trotzdem nicht, warum dir so kleine Viecher gefallen. Unsere ›Molche‹ auf Arktura sind mindestens einen Meter lang und leuchten im Dunkeln.«

Beverly verzog das Gesicht. »Erinnere mich daran, höllisch aufzupassen, wenn ich mal auf Arktura bin, Imto.«

Dewley hob einen der rotgefleckten Molche hoch und hielt ihn Beverly hin. »Das ist mein Liebling. Ich wollte ihn Max Wiley nennen, aber Imto hat mich nicht gelassen. Deshalb nenne ich ihn Schnüffel.«

Sie beugte sich zu dem kleinen, feuchten Wesen hinab und hielt einen Finger nah an das Maul des Tiers. Es schnüffelte daran, schien aber nicht sonderlich interessiert zu sein. Da die Menschenfrau es offenbar langweilte, kroch es Dewleys Arm hinauf auf seine Schulter. »Es denkt, ich sei ein Felsen«, sagte Dewley.

»Dewley, ich mag deine Molche. Und Schnüffel. Aber ich bin eigentlich gekommen, um dich um einen Gefallen zu bitten.« Beverly berichtete den beiden Zimmergenossen von der Konfrontation mit Wiley und von Mrs. Oners Vorschlag, das Simulationsprogramm auf Manipulationen zu überprüfen.

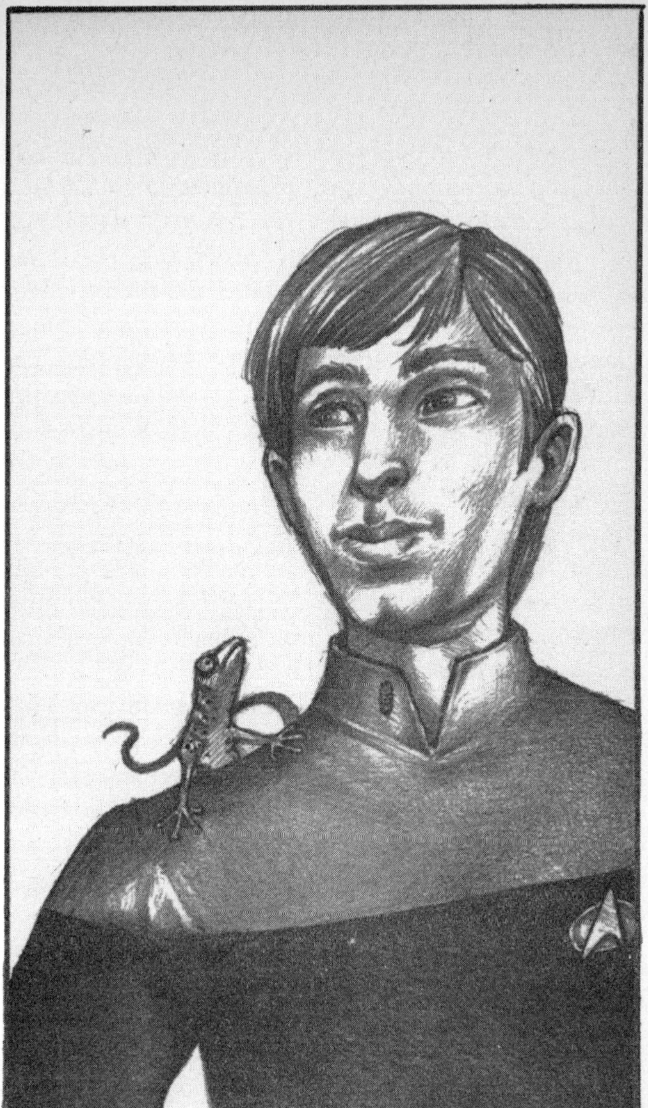

»Glaubst du, wir können eine Kopie der Aufzeichnung von diesem Tag bekommen?«

Dewley zuckte mit den Achseln. »Sie wird im Hauptrechenzentrum in Regent Hall aufbewahrt«, antwortete er. »Ich habe nicht die Berechtigung, das Band mitzunehmen. Warum fragt ihr nicht Wiley?«

Claire zuckte zusammen, und Beverly schüttelte den Kopf. »Nein, wir führen unsere eigene Untersuchung durch. Er würde uns sowieso nicht helfen. Dewley, wir müssen unbedingt herausfinden, ob sich jemand an der Computersimulation zu schaffen gemacht hat. Ich will herausfinden, ob ich einen Schlag bekommen habe, um zu beweisen, daß ich nicht verrückt bin. Und ich will Claires Unschuld beweisen.«

»Und vielleicht auch Wileys«, fügte sie in Gedanken hinzu.

»Ihr wollt also, daß ich ins Archiv des Hauptrechenzentrums einbreche?« fragte Dewley mit weit aufgerissenen Augen, als ihm klar wurde, was von ihm verlangt wurde.

»Nicht direkt ins Archiv einbrechen, nur eine Kopie von einem Band ziehen.«

Dewley überlegte einen Moment, dann grinste er. »Na ja, wenn ihr's wirklich wissen müßt, ein Computerexperte wie ich läßt sich nicht so einfach aussperren«, sagte er. Er senkte seine Stimme und beugte sich verschwörerisch zu Beverly und Claire hinüber. »Ich weiß tatsächlich, wie man in das Hauptrechenzentrum gelangt, aber das darf eigentlich niemand erfahren.«

»Und natürlich«, sagte Imto und baute sich neben seinem Zimmergenossen auf, »muß jemand für dich an der Tür Schmiere stehen.«

Dewley setzte Schnüffel wieder in das Aquarium. Er zog einen Minicomputer aus der Tasche und begann, Aufgaben zu verteilen. Seine Art erinnerte Beverly an einen Arzt, der seine Assistenten auf eine Operation vorbereitete. »Okay, Imto«, sagte er und tippte auf eine Fläche auf seinem Minicomputer. »Du hältst Wache. Claire, du suchst aus den Stapeln zunächst die möglichen Bänder heraus. Und Beverly, du bist jetzt unsere Schnelleserin. Du mußt die richtige Aufzeichnung finden, wenn die Daten auf dem Bildschirm erscheinen. Ich kümmere mich um die Kodes, um unsere Spuren zu verwischen und das Programm zu kopieren.«

Die Operation konnte beginnen.

Niemand schöpfte Verdacht, als vier junge Kadetten mit ihren Minicomputern einen Gang im Hauptrechenzentrum in Regent Hall entlanggingen, in der Zentrale aller Computertätigkeiten der Akademie. Es war nicht mehr lang bis zur Essenszeit, und nur sehr wenige Kadetten hielten sich im Computergebäude auf. Dewley plauderte gelassen mit Imto über Computersprachen und Molche. Claire lächelte Beverly gelegentlich unsicher an.

Sie betraten den äußeren Studiensaal des Rechenzentrums. Durch ein kleines Fenster konnte Beverly den Kadetten im vierten Jahr sehen, der für den Raum verantwortlich war und gerade sein Computerpult abschloß. Während sie darauf warteten, daß der Kadett seinen Posten verließ, erklärte Dewley ihnen die einzelnen Teile des Computersystems.

Beverly hörte Dewley gar nicht richtig zu, sondern sah sich die Computer im Studiensaal genau an. Sie war früher schon mehrmals mit Dewley in diesem Gebäude gewesen, der stolz berichtet hatte, daß die Akademie sich glücklich schätzen könne, Computer zu haben, die sich mit denen im Hauptquartier von Starfleet Command messen könnten. Die komplizierten Schichten aus kristallinen Speicherkarten und Relais beeindruckten sie immer wieder. Lämpchen blinkten an den Maschinen, und auf langen Reihen von Computermonitoren flackerten Daten und Nachrichten. Der Studiensaal war immer von einer gewissen Geschäftigkeit geprägt, und trotzdem war es dort stets bedrückend leise. Aus irgendeinem Grund dachte sie immer, alle Computer würden dauernd piepsen und summen – vielleicht aufgrund der lauten, veralteten Rechner, die sie auf Arvada III benutzt hatten. Die leisen Computer im Studiensaal bewiesen jedoch, daß diese Maschinen weiterentwickelt worden waren. Die Wissenschaftler auf Arvada III hätten ihre vorsintflutlichen Geräte liebend gern gegen die von Starfleet eingetauscht.

Als sie endlich wieder zuhörte, erklärte Dewley gerade Computerkodes. Nach etwa fünf Minuten seufzte Beverly erleichtert auf, als die Tür zur Zentrale des Rechenzentrums sich zischend öffnete und der Kadett im vierten Jahr zum Essen ging. Er nickte Dewley im Vorbeigehen zu, und der setzte seinen ›Vortrag‹ fort.

Als der Kadett um die Ecke verschwunden war, nahm Imto den anderen ihre Minicomputer ab. Er bezog schnell Stellung an der Tür, um sie zu warnen, falls jemand auftauchen sollte. Dewley forderte Claire und Beverly mit einer Geste auf, ihm zu folgen. Sie sahen ihm dabei zu, wie er verschiedene Sensorflächen an dem Computer betätigte, der die Türöffnung steuerte. Die Tür blieb geschlossen. Dewley runzelte die Stirn und versuchte eine andere Kombination. Eine Sekunde später war die Tür offen. Er lächelte und winkte sie in die Computerzentrale.

Niemand sagte ein Wort. Der Raum war kleiner, als Beverly ihn sich vorgestellt hatte. Als sie sich umschaute, verstand sie, warum Dewley sie gewarnt hatte, daß sie sich unmöglich verstecken konnten, falls jemand kommen sollte. Der Raum war mit Computerkonsolen gefüllt, auf Regalen an den Wänden stapelten sich Disketten und Computerbänder.

Mit wenigen schnellen, kurzen Schritten ging Claire zu den Regalen. »Nur gut, daß Wiley so pingelig mit den Aufzeichnungen ist«, flüsterte sie. Beverly und Dewley zischten ihr sofort zu, leise zu sein. Sie zuckte mit den Schultern und suchte weiter die ersten drei Regale ab. Jedes Programm war genau nach Datum eingeordnet, und in kaum einer Minute hatte sie das Programm vom richtigen Tag gefunden.

Sie zog die violette Hülle aus dem Regal und reichte sie Beverly. Die schob das Programm rasch in die Computerkonsole, an der Dewley stand, und trat einen Schritt zurück. Dewleys Hände huschten über die Sensorflächen, und auf einem Bildschirm liefen Zeile für Zeile die gespeicherten Titel ab. Beverlys Blick sprang hin und her, als sie den Datenstrom auf dem Bildschirm absuchte. »Da«, sagte sie plötzlich kaum hörbar. Sie deutete auf eine Zeile von Text und Zahlen auf dem Bildschirm. »Ich hab's gefunden. ›Benthos Asteroidengürtel‹ und ›Romulanischer Bird-of-Prey‹, Simulationen sechs und sieben.«

Dewley zog ein Band aus einer Jackentasche, schob

es in den Computer und betätigte weitere Sensorflächen. Dann lächelte er. »Kopie erstellt«, flüsterte er. Beverly nahm das Originalprogramm aus dem Computer und wollte es Claire zurückgeben.

Die drei Kadetten erstarrten, als sie drei kurze Pfiffe hörten. »Das ist Imtos Zeichen«, flüsterte Dewley eindringlich. In Beverlys Magengrube stellte sich ein ungutes Gefühl ein. Jemand kam.

Beverly drückte Claire das Band in die Hand und drehte sich nach Dewley um, der bereits zur Tür eilte. Plötzlich hörte sie Claire leise aufschreien. »Es ist mir runtergefallen!«

Claire kniete auf dem Boden und versuchte, sich zwischen zwei Regale zu quetschen, um die violette Hülle zu erreichen. Sie stöhnte, als sie sich nach dem Programm streckte. »Mein... Arm... ist... zu... kurz!«

»Warte«, flüsterte Beverly panisch. Sie bückte sich neben Claire. »Ich hebe es auf. Mein Arm ist länger.« Beverly griff nach dem Band und konnte es gerade eben erreichen. Als sie daran zog, klemmte die Hülle sich zwischen den beiden Regalen fest. Als sie sie nach rechts drehte und fest daran zog, löste das Band sich mit einem Ruck. Sie stand auf und stellte es eilig an seinen vorgesehenen Platz zurück. Claire nahm Beverly am Arm und zog sie zur Tür.

Aber es war zu spät. »He, ihr beiden da. Was haben Sie hier zu suchen? Unbefugten ist der Zutritt verboten!« rief eine laute Stimme in den Raum hinein. Sie erstarrten und sahen zu dem Kadett im vierten Jahr, der, die Hände in die Seiten gestemmt, an der Tür stand.

»Was ist bloß aus den guten alten langen Mittagspausen geworden?« stöhnte Claire atemlos und lehnte sich an einen Computer. Beverly sah ihre Mitbewohnerin an und verzog das Gesicht.

Beverly wußte, daß es Dewley und Imto gelungen war, das Gebäude rechtzeitig zu verlassen. Aber sie und Claire waren erwischt worden.

Admiral Muti stand neben Commander Wiley. Beide starrten Beverly und Claire an, als sie in das Büro der Admiralin geführt wurden.

Wiley kam Muti zuvor. »Ich will, daß sie aus der Akademie geworfen werden«, sagte er und durchbohrte die beiden Kadetten mit Blicken.

Muti sah Wiley ungehalten an. »Offensichtlich vergessen Sie, daß auch Sie gerade Gegenstand einer Untersuchung sind, Commander. Bitte«, sagte sie mit einer Geste zur Tür, »ich möchte allein mit den Kadetten sprechen.«

Wiley durchquerte zügig den Raum. Als sich die Tür hinter ihm schloß, baute Admiral Muti sich vor Beverly und Claire auf. »Ihnen ist sicherlich klar, daß Sie beide in großen Schwierigkeiten stecken«, begann sie. »Als Kadetten haben Sie Zugang zum Rechenzentrum, und mit Sonderbefugnis auch zur Computerzentrale. Aber Sie sind ohne diese Befugnis in Starfleet-Räumlichkeiten eingebrochen. Und das ist ein ernstes Vergehen. Commander Wiley teilt mir mit, daß nichts gestohlen wurde, offenbar aber ein Simulationsprogramm kopiert wurde. Trifft das zu?«

»Jawohl, Sir«, antwortete Beverly.

»Möchten Sie mir erklären, was sich zugetragen hat?«

»Wir wollten eine Simulation überprüfen«, antwortete Claire. Ihre Stimme zitterte.

»Die, in der Kadett Peterson verletzt wurde?« fragte die Admiralin.

Claire nickte.

»Glauben Sie nicht, daß Starfleet in der Lage ist, seine eigenen Untersuchungen durchzuführen?«

Die Kadetten antworteten nicht.

»Ich weiß, daß noch jemand an der Aktion beteiligt war. Wie lauten ihre Namen?«

»Sir, ich übernehme die volle Verantwortung. Es war allein meine Idee«, setzte Beverly an.

»Und meine«, mischte Claire sich ein.

Muti fixierte die Kadetten ein paar Sekunden lang. »Diese Angelegenheit wird weiterhin untersucht werden. Und wir werden herausfinden, wer Ihnen geholfen hat. Zunächst muß ich eine Bewährungsstrafe gegen Sie verhängen. Ich hatte Sie gewarnt«, fügte sie hinzu und berührte den Computer auf ihrem Schreibtisch. »Sie dürfen beide bis auf weiteres den Campus nicht mehr verlassen«, las sie vom Bildschirm ab. »Außerdem führt jede weitere Regelverletzung zur sofortigen Verweisung von der Akademie.« Sie sah die Kadetten wieder an. Sie schien zu zögern, bevor sie weitersprach. »Nur unter uns – mir ist ein kalter Schauer über den Rücken gelaufen, als mir ihre Namen wieder gemeldet wurden. Sie haben mich beide sehr enttäuscht. Ich habe mein möglichstes getan, um Ihnen eine zweite Chance zu geben«, sagte sie verbittert. »Ist Ihnen nicht klar, daß Sie nicht nur Starfleet enttäuschen, sondern auch sich selbst? Denken Sie nur einmal daran, wie schwer Sie dafür gearbeitet haben hierherzukommen. Ich bitte Sie um

Ihretwillen, machen Sie keine Fehler mehr, bis diese furchtbare Sache aufgeklärt ist. Wegtreten.«

Beverly und Claire verließen Mutis Büro und gingen langsam zurück zum Wohnheim. Auch der Gang über den Campus konnte Beverly nicht mehr aufheitern.

Jetzt steckte sie *wirklich* in Schwierigkeiten. Wie konnte sie ihrer Großmutter erklären, daß sie eine Bewährungsstrafe bekommen hatte? Sie stellte sich ihr Gesicht vor, falls sie davon erfuhr. Wahrscheinlich würde sie so enttäuscht wie vor sechs Jahren blicken, als Beverly versehentlich die letzten Schottischen Disteln aus dem Garten ihrer Großmutter ausgerissen hatte, die sich über Jahrhunderte hinweg im Besitz der Familie befunden hatten.

Nein, das hier war schlimmer. Und es konnte noch viel schlimmer kommen. Was, wenn sie aus der Akademie geworfen wurde? All die Zeit, die ihre Großmutter darauf verwendet hatte, Beverly zu unterrichten, und all die Hoffnungen, die sie in ihre Enkelin gesetzt hatte, wären mit einem einzigen Brief von der Akademie zunichte gemacht. Und wenn sie der Akademie verwiesen würde … wo sonst würde man sie noch Medizin studieren lassen? *Ich habe nur eine Möglichkeit*, dachte sie. *Ich muß herausfinden, warum Peter Peterson – und ich – während der Simulation einen Schlag bekommen haben. Dann muß ich die Akademie nur verlassen, wenn ich mich selbst dazu entscheide.*

Sie drehten sich um, als sie hinter sich jemanden rufen hörten. »Bev! Claire! Was ist passiert? Wir haben es geschafft, uns zu verdrücken, aber wir haben euch überhaupt nicht mehr gesehen«, erkundigte sich Dewley, als er sie eingeholt hatte.

»Wir sind erwischt worden«, erklärte Beverly ihm. »Wir kommen gerade aus Mutis Büro, und wir haben großen Ärger. Sie hat uns eine Bewährungsstrafe aufgebrummt.«

Dewley pfiff durch die Zähne. »Mensch, das tut mir leid. Da geht's euch so ähnlich wie Max Wiley.«

»Max Wiley?« fragte Beverly verblüfft.

»Gerüchteweise läuft ein Untersuchungsverfahren gegen ihn, bis der Fall Peterson aufgeklärt ist«, antwortete Dewley. »Ich habe gehört, daß er nicht unterrichten darf, bis klar ist, wie es zu dem Schlag kam. Es hat ihm wahrscheinlich auch nicht geholfen, daß wir ins Rechenzentrum eingebrochen sind und das Band kopiert haben.«

Beverly blinzelte. Ihr war nicht klar gewesen, daß ihr Einbruch ins Rechenzentrum Max Wiley weitere Schwierigkeiten einbrocken würde. Sie hatte noch nicht einmal damit gerechnet, daß *sie selbst* solche Schwierigkeiten bekommen würde.

»Dewley, was ist aus dem Programm geworden?« fragte sie.

Dewley lächelte und zog ein weißes Computerband aus seiner Jackentasche. »Ich hatte die Gelegenheit, Holodeck drei eine Zeitlang zu nutzen.«

»Du hast es abgespielt? Wurde jemand verletzt?«

»Nein. Ich habe mir Imto, Gren und T'Kavar geschnappt, und wir haben die kopierten Szenarien ›Bethos Asteroidengürtel‹ und ›Romulanischer Bird-of-Prey‹ immer wieder durchgespielt«, sagte er, wobei sein übliches Lächeln kurz verschwand. »Jeder von uns hat in den Simulationen eine Rolle übernommen. Aber auch mit acht Augen ist uns nichts Verdächtiges aufgefallen. Wir haben sogar die holo-

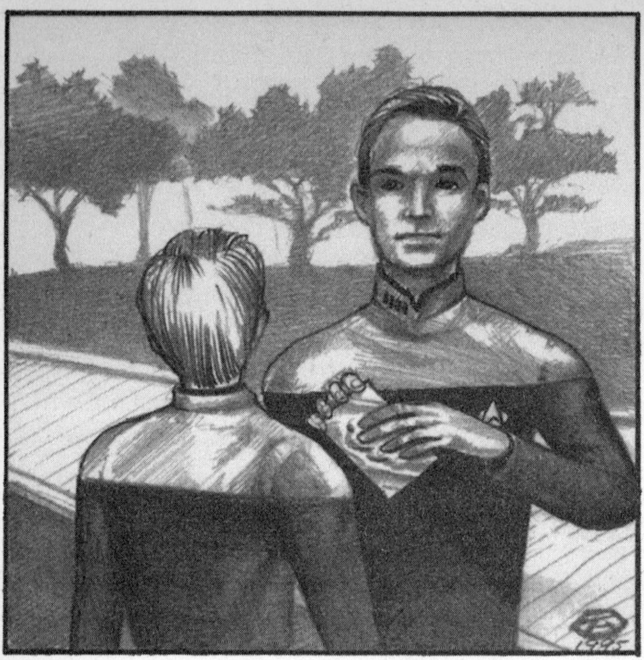

graphischen Tricorder ausprobiert. Niemand bekam einen elektrischen Schlag. Sie funktionierten einwandfrei.«

Beverly war verwirrt. »Was? Ich war mir sicher, daß man wenigstens irgend etwas sehen würde. Was sollen wir jetzt tun? Und …«

Als Dewley Beverly das Band reichen wollte, fiel es auf den Boden. Ein braunhaariger Kadett, der gerade vorbeiging, hob es auf und gab es Dewley zurück.

»Hallo, Crusher«, sagte Dewley und grinste den Studenten im dritten Jahr an. »Danke, Jack.«

»Gern geschehen, Dewley. Wir sehen uns beim Unterricht.«

Beverly lächelte den Kadetten an, als sie das Band von Dewley entgegennahm.

»Und was, Bev?«

»Ähh... Ich glaube, ich habe eine Idee«, sagte sie und sah Claire und Dewley an. »Wir sind bis jetzt mit dem Kopf gegen die Wand gelaufen. Aber ich glaube, es gibt jemanden, der uns helfen kann. Jemand, der einfach alles über Computer weiß. Habt ihr schon einmal von einem Kadetten namens Data gehört?«

9

Jeder bei Starfleet hatte von Kadett Data gehört. Seit seiner Ankunft an der Akademie vor einem Jahr hatte sich sein umfassendes Wissen über Computer – und eigentlich auch über alles andere – herumgesprochen. Data war ein Androide, der vor vier Jahren von der Besatzung des Föderationsraumschiffs *Tripoli* auf Omicron Theta gefunden worden war. Außer ihm hatte niemand mehr in der Kolonie gelebt. Die 411 Bewohner hatten all ihre Erinnerungen in Data gespeichert und waren sämtlich beim Angriff einer kristallinen Entität auf den Planeten gestorben.

Nach mehreren Wochen an Bord der *Tripoli* hatte Data sich entschieden, die Starfleet-Akademie zu besuchen. Es schien die richtige Entscheidung zu sein. Schließlich war die Akademie das ideale Umfeld für Data, um sich weiterzuentwickeln und das Universum zu verstehen. Die Akademie bot einem Kadetten die Gelegenheit zu lernen, zu forschen und insbesondere das Unbekannte zu erleben.

Aber es war nicht leicht für Data, von der Starfleet-Akademie akzeptiert zu werden. Bevor er die Akademie als Kadett besuchen konnte, mußte Starfleet erst eine wichtige Entscheidung treffen: War Data ein vernunftbegabtes, empfindungsfähiges Lebewesen?

Um das herauszufinden, unterzog Starfleet Data einem Test nach dem anderen. Sie überprüften ihn sozusagen auf Herz und Nieren – die er nicht hatte. Sie gaben ihm Tests, die seine Denk- und Urteilsfähigkeit maßen. Sie stellten ihm Fragen auf Fragen. Zu guter Letzt – dank der Bürokratie von Starfleet hatte es drei Jahre gedauert! – durfte Data sich an der Akademie einschreiben. Starfleet hatte entschieden, daß Data tatsächlich ein bewußtes, vernunftbegabtes Lebewesen war.

Beverly fand Kadett Datas Unterkunft und betätigte den Türsummer. Daraufhin öffnete die Tür sich zischend und gab den Blick auf einen spärlich eingerichteten Raum frei. »Kadett Data?« fragte sie und sah sich im Raum um.

»Ich bin hier. Bitte kommen Sie herein«, vernahm sie eine angenehme Stimme hinter einer Computerkonsole in der Ecke.

Sie hatte Data noch nie zuvor gesehen. Sie erwartete, wie viele Leute, die ihn noch nicht kannten, daß der Androide steifer und weniger lebhaft als ein Mensch wirken würde. Doch wie sie feststellte, war Data ganz anders. Seine Finger bewegten sich mit fließenden Bewegungen über den Computer. Und seine Augen bewegten sich zügig hin und her, als er vom Bildschirm vor sich ablas.

Datas Gestalt war menschlich, aber mit leichten Abweichungen: Die Augen waren gelb, die Hautfarbe ein blasses Gold, und das Haar lag glatt zurückgekämmt am Kopf an. Sie hatte einmal gehört, daß Data so stark wie fünf Männer war und sich sehr viel schneller als die meisten Menschen bewegen konnte. Es hieß auch, sein positronisches Gehirn sei sehr eindrucksvoll und verarbeite Informationen so schnell, wie sonst nur viel größere Computer.

Als sie zu dem Terminal ging, an dem Data saß, stand er auf und reichte ihr die Hand. »Ich bin Kadett Data. Wie kann ich Ihnen helfen?«

Beverly schüttelte seine kühle Hand. »Kadett Beverly Howard. Studentin an der Medizinischen Fakultät von Starfleet. Im ersten Jahr.«

»Dann sind Sie vor drei Komma sieben Wochen mit den anderen Kadetten eingetroffen?«

»Ja«, sagte sie lachend, »aber ich habe es noch nie auf eine Stelle hinter dem Komma ausgerechnet.«

Data lachte nicht mit, sondern sah sie nur an. »Kann ich Ihnen irgendwie helfen?« fragte er mit seiner sanften Stimme.

Beverly wollte ihm so viele Fragen stellen: Was er aß, ob sein Haar wuchs, ob er singen konnte, einen Puls hatte, was passieren würde, wenn er sich die Hand aufschrammte, oder ob das überhaupt möglich war. Sie wollte wissen, was er studierte, ob er sich je für Medizin interessieren könne oder ob er gern Sonnenuntergänge beobachtete. Aber sie unterdrückte die vielen Frage und konzentrierte sich auf ihre Aufgabe. Vielleicht würde sie sich eines Tages ausführlicher mit Data unterhalten können.

»Kadett Data ...«

»Bitte nennen Sie mich Data.«

»Danke. Und bitte nennen Sie mich Beverly«, erwiderte sie. »Data, man hat mir gesagt, daß Sie ein Experte für Computer sind. Hardware und Programmierung. Kann ich Ihnen eine Frage über Computer stellen? Es ist für einen Kurs, den ich belege.«

Data neigte mit einer sehr menschlichen Bewegung den Kopf zur Seite. Sie fragte sich, ob er wohl darauf programmiert worden war oder die Gewohnheit von

1995

den Menschen, mit denen er zu tun hatte, abgeschaut hatte. »Warum fragen Sie nicht Ihren Professor?«

»Der hat gerade sehr viel zu tun. Außerdem dachte ich, daß Sie vielleicht eine etwas andere Perspektive haben.«

Data verließ seinen Platz am Computer und bat Beverly, auf einem Stuhl Platz zu nehmen. Er setzte sich sehr aufrecht auf einen Stuhl neben sie. Beverly hatte den Eindruck, daß es für ihn unbequem sein mußte, aber er schien sich durchaus wohl zu fühlen. »Bei den meisten meiner Fragen geht es um Holodecksimulationen«, sagte sie und faltete die Hände im Schoß. »Ich habe den Kurs über medizinische Notfallsituationen belegt ...«

»Wie im ersten Studienjahr üblich«, unterbrach Data sie.

»Ja«, fuhr sie fort. »Ich mag den Kurs sehr, aber ich habe ein paar Fragen, was das Programmieren einer Simulation angeht. Ist es wohl möglich, eine Holodecksimulation zu verändern?«

»Ja, das ist möglich«, sagte der Androide. »Jemand, der sich mit dem Programmieren von Holodecksimulationen auskennt, kann kleine Veränderungen vornehmen, zum Beispiel eine Tanne in eine Eiche verwandeln. Oder auch größere Veränderungen, etwa aus einer Wüste einen Ozean machen. Das ist relativ einfach. Der holographische Ambientensimulator erzeugt nämlich ein Bild im holographischen Darstellungsunterabschnitt, der für die realistischen Hintergrundbilder verantwortlich ist, die man während der Simulation sieht. Die materiellen Personen und Gegenstände bestehen aus fester Materie, die von einem Replikator auf Transporterbasis angeordnet wird. All diese Komponenten sind mit der räumlichen Holodiode verbunden, die die Kraftfelder projiziert, die wiederum ...«

»Data ... es ist gut«, unterbrach Beverly ihn. Sie hob die Hand, als ihr klar wurde, daß Data ihr wahrscheinlich stundenlang die Feinheiten des Holodecks erklären könnte. »Das ist ausgezeichnet. Es ist also in der Tat möglich, eine Simulation zu verändern.«

»Jawohl.«

»Kann man diese Veränderungen bemerken, wenn man die Simulation ein zweites Mal ablaufen läßt?«

»Ja«, sagte er und betrachtete sie eindringlich aus seinen goldenen Augen. »Wenn am holographischen Element etwas verändert wurde, müßte das beim erneuten Abspielen festzustellen sein. Das heißt, Lebewesen, die das Universum im sogenannten sichtbaren Bereich des Spektrums wahrnehmen, müßten es bemerken. Wie Sie wahrscheinlich wissen, werden holographische Bilder so erzeugt, daß sie nur im sichtbaren Bereich des Spektrums wahrgenommen werden können. Dies geschieht zweifellos, um ...«

»Ja, Data. Vielen Dank. Aber würde man die Veränderung auch bemerken, wenn sie nur winzig klein wäre?«

»Wenn man weiß, wonach man sucht. Es wird schwieriger, wenn nur Details verändert wurden. Vielleicht würde mir so eine Veränderung eher auffallen. Ich habe festgestellt, daß meine Sinne in der Regel besser ausgeprägt sind als die von Menschen. Aber Sie, Beverly, hätten wohl Schwierigkeiten, solche kleinen Änderungen zu bemerken.«

»Es wäre also theoretisch möglich, eine Simulation zu verändern, ohne daß es jemandem auffällt«, sagte sie mehr zu sich selbst, während sie versuchte, Datas Erklärungen zu ordnen. »So ähnlich, als würde man einen Roboter programmieren, um ... Oh«, stammelte sie und errötete. »Ich will sagen ... Es tut mir leid ...«

»Beverly. Machen Sie sich keine Sorgen. Ihre Bemerkung beleidigt mich nicht. Genaugenommen bin ich ein Androide. Ich habe keine Gefühle wie Ärger und Scham. Ich bin darauf nicht programmiert.«

Beverly lächelte Data an. Einen kurzen Moment wünschte auch sie sich, keine Scham zu empfinden, dann entschied sie sich aber, daß es ihr doch lieber war, Gefühle zu haben. Sie fragte sich, ob Data sich wohl auch Gefühle wünschte.

»Ich sollte noch hinzufügen«, fuhr er fort, als wäre nichts gewesen, »daß in der Aufzeichnung ein Vermerk über jede Veränderung an dem Programm abgespeichert wird, auch wenn Sie sie nicht feststellen können.«

»Kann ein Computer damit die Veränderung nachweisen?«

»Ja. Ein Computer könnte die Veränderung aufspüren. Aber, Beverly, wie Sie sicher wissen, verstößt es gegen Starfleet-Vorschriften, eine Simulation für den Akademieunterricht zu verändern.«

Als ob das irgend jemanden davon abhalten würde, es trotzdem zu tun, dachte Beverly. »Außer, man hat die nötige Befugnis«, fügte sie dann laut hinzu.

»Das stimmt, Beverly«, sagte der Androide abrupt und beugte sich zu ihr hinüber. »Darf ich Ihnen jetzt eine Frage stellen?«

Sie sah Data an und nickte.

»Spielen Sie mit dem Gedanken, etwas Illegales mit einer Holodecksimulation anzustellen?«

»Nein, Data. Überhaupt nicht.« Beverly seufzte und verzog das Gesicht.

»Haben Sie Schmerzen, Beverly? Benötigen Sie einen Arzt?«

»Nein«, sagte sie und rutschte unruhig auf ihrem Stuhl hin und her.

Datas Stimme war fast nur noch ein Flüstern. »Stimmt etwas nicht?«

»Ach, Data«, sagte sie, stand auf und ging zu dem Computer. »Eine meiner Freundinnen, genauer gesagt meine Zimmergenossin, steckt in Schwierigkeiten. Und ich will ihr unbedingt helfen. Aber ich kann einfach nicht herausfinden, was passiert ist.«

Data hielt wieder den Kopf schief. »Vielleicht kann ich Ihnen helfen. Ihre Fragen verleiten mich zu der Annahme, daß Ihre Mitbewohnerin mit dem Zwischenfall zu tun hatte, bei dem Kadett Peter Peterson verletzt wurde. Ich nehme außerdem an, daß sie an seiner Verletzung unmittelbar beteiligt war. Wahrscheinlich nahm sie an der Simulation teil, bei der das Unglück geschah.«

Beverly nickte. »Sie würden einen hervorragenden Detektiv abgeben, Data.«

»Ganz im Gegenteil. Ich bin Starfleet-Kadett in der Offiziersausbildung. Wie Sie wissen, wird uns allen beigebracht, logisch zu denken, nachzufragen und Lösungen zu finden. Und wir alle sind hier, um uns gegenseitig zu helfen.«

Beverly setzte sich wieder hin und lächelte. Vielleicht paßte sie doch an die Akademie. Schließlich hatte sie genauso gedacht wie Data. Sie erzählte Data begeistert, was sie bislang herausgefunden hatte: Erste Untersuchungen ergaben, daß es nicht am

Holodeck lag. Mehrere ihrer Freunde hatten die Aufzeichnung der Simulation überprüft, ohne daß ihnen etwas aufgefallen war. Und Commander Wiley stritt ab, daß sie von dem holographischen Tricorder einen elektrischen Schlag bekommen hatte.

Data zögerte einen Moment, fast als müsse er Beverlys Worte erst verarbeiten. »Ich nehme an, daß Ihre Mitbewohnerin nicht das nötige Wissen hat, um eine Simulation zu verändern.«

Beverly nickte.

»Und zweifellos war Commander Wiley im Raum, als der Zwischenfall sich ereignete. Er ist bekanntermaßen einer der besten Simulationsexperten bei Starfleet. Er hätte die Fähigkeit und die Gelegenheit gehabt, die Simulation zu verändern. Und er hätte dies sehr schnell erledigen können.«

»Aber, Data ... warum sollte er einen Schock erzeugen, der einen Kadetten aus den Latschen wirft?«

»Vielleicht sollten Sie das den Commander fragen«, sagte er. Dann zögerte er. Sein Gesicht war immer noch so ernst wie zu Beginn ihrer Unterhaltung. »Beverly, ich glaube nicht, daß so etwas tatsächlich passieren kann. Auch wenn es Berichte aus dem zwanzigsten Jahrhundert gibt, nach denen Menschen vom Blitz getroffen und buchstäblich ›aus den Latschen geworfen‹ wurden, halte ich diese Allegorie doch für sehr unzutreffend. So etwas nennt man wohl Legende oder Märchen.«

Beverly lachte. Data schaute etwas verwirrt drein, als sie aufstand und ihm die Hand gab. »Das ist nur eine Redewendung, Data. Aber Sie haben ganz bestimmt recht. Es ist höchste Zeit, daß ich noch einmal mit Commander Wiley spreche. Und wenn es irgendwie möglich ist, möchte ich diesmal Admiral Muti dabeihaben.«

»Ich hoffe, daß ich Ihnen helfen konnte.«

»Data, Sie haben mir mehr geholfen, als Sie ahnen.«

Als sich die Tür zu ihrem Zimmer öffnete, strömte Beverly der Duft frischer Zitronen entgegen. Claire saß an ihrem Schreibtisch mit einem dampfenden Becher Kräutertee in der Hand. »Das riecht umwerfend«, sagte Beverly. Sie warf sich auf ihr Bett und schloß die Augen.

»War Kadett Data überwältigend?« fragte Claire und schlürfte an ihrem Tee.

»Nein«, sagte Beverly und drehte sich um, um ihre Zimmergenossin anzusehen. »Er war wunderbar, intelligent … und glaubt auch nicht, daß du etwas mit dem Problem bei der Simulation zu tun hast.«

»Toll!« rief Claire begeistert und sprang von ihrem Stuhl auf.

»Wenn du jetzt hier rumschreien willst«, unterbrach Beverly sie, »bring mir lieber auch einen Zitronentee.«

»Kein Problem.« Während Claire am Replikator den Tee anforderte, berichtete Beverly ihr, was Data gesagt hatte. »Es ist möglich, einzelne Details an der Simulation zu verändern. Aber nur jemandem, der die nötige Befugnis hat. Data und ich sind beide der Ansicht, daß wir Wiley noch einmal zur Rede stellen müssen. Und dieses Mal sollte Admiral Muti dabeisein.«

Bevor Claire etwas darauf erwidern konnte, ertönte ein Pfeifen, das ihnen verriet, daß eine Kommunikation eingegangen war. Beverly griff nach ihrem Minicomputer. »Hallo, Beverly«, erklang eine vertraute Stimme. »Wie geht die Untersuchung voran?«

»Hallo, Mrs. Oner. Ganz gut, glaube ich«, antwortete sie. Sie gab Claire ein Zeichen, zum Minicomputer zu kommen, und wandte sich wieder der Muldanierin auf dem Bildschirm zu. »Ich habe eben mit Kadett Data gesprochen.«

»Ja, ich kenne ihn. Er war schon ein paarmal in meinem Restaurant. Ich glaube, er ist sehr schüchtern.« Beverly sah, daß Mrs. Oners Augen bei der Erinnerung an Data funkelten. »Ich weiß auch, daß er sich sehr gut mit Computern auskennt. Konnte er Ihnen helfen?«

Beverly nickte und erzählte ihr, was sie mit Data besprochen hatte. Als sie damit fertig war, neigte Mrs. Oner den Kopf. »Ich gehe mit euch zu Admiral Muti. Sie ist eine Freundin von mir.«

»Sie kennen die Admiralin?« fragte Claire über Beverlys Schulter hinweg und betrachtete das Bild auf dem Minicomputer.

Mrs. Oner nickte. »Sie ist Stammgast in meinem Café. Eine faszinierende Frau.«

»Sie hat uns außerdem eine Bewährungsstrafe aufgebrummt«, fügte Claire hinzu.

»Ja, ich weiß. Ich kann euch in etwa einer Viertelstunde im Büro der Admiralin treffen. Geht das in Ordnung?«

Sie nickten und schalteten das Gerät aus.

Beverly und Claire gingen so schnell wie möglich über den Campus zu Admiral Mutis Büro. Sie mußten nicht lange auf Mrs. Oner warten. Die Muldanierin traf kurz nach den Kadetten ein. Wie üblich hatte sie ein warmes Lächeln auf den Lippen. Sie trug ein weißes Kleid und hatte einen hellgelben Schal über ihre Schultern geworfen. In der rechten Hand trug sie außerdem ein kleines Weidenkörbchen.

Als der Senior-Kadett sie in das Büro führte, dachte Beverly, daß sie von diesem Raum in den letzten Tagen mehr als genug gesehen hatte. Admiral Muti sah Beverly und Claire fragend an. Als sie Mrs. Oner sah, lächelte sie.

»Mrs. Oner«, sagte Muti. Sie hielt der älteren Frau beide Hände entgegen. »Wie geht es Ihnen?«

Mrs. Oner drückte Mutis Hände mit ihrer Linken. »Ach, Miomi, ich bringe Ihnen ein Geschenk.« Sie reichte der Admiralin das Körbchen und wartete auf ihre Reaktion.

Muti öffnete es und roch daran. »Beeswitsh! Ich habe kein Beeswitsh mehr gegessen, seit ich das Haus meiner Schwester in Alt-Kenia verlassen habe. Jetzt bin ich erst recht neugierig, was Sie hierherbringt«, rief die Admiralin. Beverly hatte das Gefühl, daß die Muldanierin Admiral Muti ein wenig nervös machte.

»Ach, ja. Ich bringe zwei gute Freundinnen mit«, sagte Mrs. Oner. Sie drehte sich halb zu Beverly und Claire um.

»Wir kennen uns schon«, sagte Muti mit strengerem Gesichtsausdruck, »genaugenommen schon zu gut, Botschafterin.«

Die beiden Kadetten sahen sich verwirrt an und drehten sich dann wieder zu Mrs. Oner um. »Botschafterin?« fragten sie im Chor.

Muti lächelte wieder und sah Mrs. Oner an. »Viele

Leute wissen das nicht. Mrs. Oner ist mit den meisten Angehörigen von Starfleet Command befreundet und außerdem eine der angesehensten Botschafterinnen ihres Planeten.«

Die Muldanierin wandte sich Claire zu und nahm ihre Hand. »Ach, Claire. Mein Volk ist der Ansicht, daß seine Botschafter die verschiedensten Wesen aller Kulturen kennenlernen sollten. Auf der Erde sind die Leute, wie in vielen anderen Kulturen auch, bei den Mahlzeiten sehr entspannt. Deshalb habe ich das Café. Und ich kann mich wohl schlecht vor meinen Gästen als ›Botschafterin‹ bezeichnen, oder? Da bin ich einfach ›Mrs. Oner‹ und trotzdem noch eine Botschafterin meines Volkes.«

»Dann ...«, stammelte Claire. »Dann ist Mrs. Oner ...«

»... nicht mein richtiger Name«, vollendete die Muldanierin den Satz. »Den würdest du gar nicht aussprechen können. Er enthält Laute, die die meisten Menschen nicht bilden können. Also, Beverly«, fuhr sie fort und beugte sich leicht zu ihr herüber, »bitte erzählen Sie Miomi Muti Ihre Geschichte.«

Beverly lächelte bei der Erwähnung von Mutis Vornamen, während die Admiralin sich autoritär räusperte. Dann berichtete sie, wie sie eine Kopie der Aufzeichnung in die Hand bekommen und auf Manipulationen untersucht hatte, ohne etwas zu finden. Sie erwähnte auch ihr Gespräch mit Kadett Data und ihre Theorien, was mit der Simulation geschehen sein könnte. »Ich glaube, daß jemand eine kleine, kaum bemerkbare Änderung an dem Computerprogramm vorgenommen hat. Claire ist keine Programmiererin, deswegen kann sie meiner Meinung nach Peters Verletzung nicht verursacht haben. Nicht nur das – nur befugte Personen haben die Möglichkeit, Änderungen an den Programmen vorzunehmen.«

»Was uns zu Commander Wiley führt?« fragte Muti ernst.

Beverly zögerte, dann sah sie in die dunklen Augen der Admiralin. »Commander Wiley hat in der Tat die nötige Befugnis. Aber ich glaube nicht, daß jemand mit dem Hintergrund von Commander Wiley und seinem Enthusiasmus für seine Studenten und die Akademie seine Karriere bei Starfleet auf diese Weise aufs Spiel setzen würde. Ich kann mir beim besten Willen nicht vorstellen, daß der Commander sich an der Simulation zu schaffen gemacht hat… Sir.«

Muti seufzte und setzte sich hinter ihre Computerkonsole. »Computer, wo ist Commander Max Wiley?«

»Commander Max Wiley ist in Holodeck vier.«

»Der Raum, in dem der Kurs über medizinische Notfälle stattfindet«, sagte sie leise. »Kadett Terry. Sagen Sie für die nächste Stunde all meine Termine ab. Ich bin in Holodeck vier.« Die Admiralin nahm einen Minicomputer vom Schreibtisch. »Kadetten?« wandte sie sich lebhaft an Beverly und Claire. »Es ist an der Zeit, uns mit dem Commander und seiner Holodecksimulation zu befassen. Und wir könnten auch Ihre Hilfe gebrauchen, Botschafterin.«

Als sie zu Holodeck vier gingen, grüßten alle Kadetten, denen sie begegneten, Admiral Muti kurz und knapp. Beverly mußte leise lachen, als sie sich vorstellte, wie sehr die Situation die Neugier der Kadetten anregen mußte: Warum waren zwei Kadetten im ersten Jahr mit dem befehlshabenden Offizier der

Medizinischen Abteilung von Starfleet unterwegs – und mit Mrs. Oner?

Als sie das Gebäude fast erreicht hatten, hörten sie jemanden hinter ihnen rufen. Beverly drehte sich um und sah einen Kadetten mit einem Minicomputer in der Hand schnell auf sie zukommen.

Kadett Data blieb vor ihr stehen. »Kann ich mit Ihnen sprechen, Beverly?«

10

Data nickte der Gruppe auf dem Gehweg zu. »Admiral Muti. Mrs. Oner. Und ...«

»Claire ... Kadett Claire Voy«, sagte sie und starrte Data neugierig an. Beverly kannte den Grund dafür – sie war dem Androiden noch nie begegnet. Sie fragte sich, ob es Data wohl etwas ausmachte, daß alle ihn anstarrten. Andererseits hatte er ihr gesagt, daß er keine solchen Gefühle hatte.

»Und Kadett Voy. Beverly«, fuhr er fort, »ich muß Ihnen noch etwas Wichtiges sagen.«

»Kadett Data, hat das irgend etwas mit einer Holodecksimulation zu tun?« fragte Muti und trat näher an den Androiden heran.

»Jawohl, Sir«, antwortete er. »Vor ein paar Stunden habe ich mit Kadett Howard über eine Holodecksimulation gesprochen. Ein holographischer Ambientensimulator erzeugt ein Bild im holographischen Darstellungsunterabschnitt, der für die realistischen Hintergrundbilder verantwortlich ist. Die materiellen Personen und Gegenstände bestehen aus ...«

»Kadett Data«, unterbrach die Admiralin ihn. »Wir brauchen wirklich keinen Vortrag über holographische Simulationen.«

»Jawohl, Sir. Wie ich schon sagte, habe ich Kadett Howard erklärt, daß jemand, der sich mit dem Programmieren von Holodecksimulationen auskennt, ohne Probleme ein Holodeckprogramm verändern kann. Aber ich habe weitere Informationen für Kadett Howard. Es gibt noch eine andere Möglichkeit, eine Simulation zu manipulieren. Ich weiß nicht, warum ich nicht sofort daran gedacht habe. Es mag daran gelegen haben, daß ich an der Druckanalyse eines Warpfeldkerns gearbeitet habe, die ein …«

»Kadett!« warf Admiral Muti wieder ein. »Ihre Idee, was die Manipulation von Simulationen betrifft? Bitte?«

»Jawohl, Sir«, sagte er, wobei seine Gesichtsfarbe sich etwas zu verdunkeln schien. »Es gibt eine weitere Möglichkeit, eine Holodecksimulation zu beeinflussen. Selbst so, daß es hinterher nicht nachzuweisen ist. Es ist möglich, ein sogenanntes Computervirus in ein Computersystem einzuschleusen. Es gibt viele verschiedene Arten von Viren, auch solche, die nach vollbrachter Tat aus dem Computer entfernt werden können.«

»Entfernt?« fragte Claire unglücklich.

Der Androide nickte. »Ein Virusprogramm kann auf Diskette in den Computer eingespeist werden. Das Virus könnte zum Beispiel Teile einer Holodecksimulation anders ablaufen lassen. So könnte eine Computerkonsole unter Einfluß des Virus falsche Informationen ausgeben, etwa unzutreffende Warpgeschwindigkeitsdaten in der Navigationskonsole. Wenn das Programm seine Arbeit verrichtet hat, kann das Virus ›zurückgerufen‹ werden – in diesem Fall auf die Diskette –, ohne daß auf der Simulationsaufzeichnung eine sichtbare Spur zurückbleibt. Auf der Aufzeichnung wären nur die korrekten Geschwindigkeitsdaten der Navigationskonsole zu sehen. Die Diskette könnte dann aus der Computerkonsole entfernt werden. Niemand außer der Person, die das Virus eingeschleust und wieder entfernt hat, würde etwas davon wissen. Es ist möglich.«

»Was ist mit den Sicherheitsvorkehrungen?« fragte Beverly.

»Das Virusprogramm könnte grundsätzlich das Simulationsprogramm überwältigen und auch die Sicherheitsvorkehrungen außer Kraft setzen«, erklärte er. »Das Virusprogramm könnte auch ein Unterprogramm beinhalten, das die Sicherheitsvorkehrungen abschaltet. Aber dafür benötigt man in beiden Fällen die richtigen Sicherheitskodes.«

Niemand sagte etwas.

»Diese Art von Computervirus kann man wohl am besten mit einer Analogie erklären«, fuhr Data fort. »Ein gutes Beispiel findet sich in einer Detektivgeschichte mit Sherlock Holmes aus dem neunzehnten Jahrhundert: ›Das gefleckte Band‹ von Sir Arthur Conan Doyle. In dieser Kriminalgeschichte wird aus unbekanntem Grund eine Frau ermordet. Holmes findet schließlich heraus, daß eine Sumpfotter, eine Giftschlange, durch einen Luftschacht in das Zimmer des Opfers gekrochen ist und das hilflose Opfer gebissen hat, um dann zu dem in einem anderen Zimmer wartenden Mörder zurückzukehren. Es gab keinen Hinweis auf den Mörder oder die Tatwaffe. Doch ein Computervirus kann natürlich nicht beißen.«

»Das dürfte uns bekannt sein, Kadett«, sagte Muti.

»Jawohl, Sir.«

»Aber wie können wir herausfinden, ob es tatsächlich geschehen ist, wenn es keine Spur hinterläßt?« fragte Beverly.

»Wie ich schon sagte«, fuhr Data fort, »hinterläßt das Virus keine sichtbaren Spuren, die bei der Simulationsaufzeichnung wahrnehmbar wären. Aber es hinterläßt Datenspuren im Programm.«

Admiral Muti lächelte Data plötzlich an. »Vielen Dank, Kadett. Sie haben uns sehr geholfen. Möchten Sie uns vielleicht zu Holodeck vier begleiten? Ich glaube, Ihre Ausführungen werden dieser Untersuchung außerordentlich förderlich sein.«

»Es wäre mir ein Vergnügen, Admiral Muti.«

Muti drehte sich auf dem Absatz um und ging auf das Holodeckgebäude zu, und die anderen folgten ihr auf dem Fuß.

Die Tür zu Holodeck vier öffnete sich auf Admiral Mutis Befehl. Sie betrat das Holodeck als erste, gefolgt von Mrs. Oner und den drei Kadetten. Wiley stand hinter einem Computer auf einem Stuhl, um an ein hoch auf einer Konsole liegendes Computerband zu kommen. Er runzelte verwirrt die Stirn und stieg mit einem Stapel Bänder unter einem Arm herab. »Oh, Admiral Muti. Hallo, Sir«, sagte er und schaute die Admiralin fragend an. »Worum geht es?«

»Commander Wiley, Sie haben hoffentlich ein paar Minuten Zeit für uns«, erwiderte sie, baute sich vor dem Computer auf und verschränkte die Hände hinter dem Rücken. »Wir haben eine Reihe von Fragen und Gedanken, die wir gern mit Ihnen besprechen möchten.«

»Wir? Mrs. Oner, Kadett Data … was tun Sie hier? Und was haben diese beiden Kadetten hier zu suchen?« fragte er, wobei sein Gesicht rot anlief.

»Ich habe sie hierhergebeten, Commander«, erwiderte Muti. »Sie führen ihre eigene Untersuchung zur Peterson-Simulation durch. Mrs. Oner und Kadett Data haben ihnen dabei geholfen. Und ich würde gern hören, was Sie zu ihren Fragen zu sagen haben.«

»Mit allem gebührenden Respekt, Admiral Muti, ich dachte, die Schuldige in dieser Angelegenheit stehe schon fest. Dieser Kadett«, sagte er und zeigte auf Claire, »hat wahrscheinlich das Problem verursacht. Ich weiß zwar noch nicht, was sie angefaßt oder wie sie es getan hat, aber ich arbeite daran.«

Claire richtete sich auf und funkelte Wiley an. Beverly packte ihren Arm und hielt sie davon ab, irgend etwas auf seine Anschuldigungen zu erwidern.

Beverly fühlte ihre Knie schlottern, als sie vortrat. Sie war noch nervöser als damals auf Caldos IV, als sie die Hauptrolle in einem Musical gespielt hatte. »Admiralin?«

»Gewiß, Kadett Howard. Bitte erzählen Sie dem Commander Ihre Geschichte.«

Beverly erläuterte ihre Theorien über die Computersimulation. Sie erwähnte, wie einfach es sei, Details an einer bestehenden Aufzeichnung zu verändern und die Sicherheitsvorkehrungen außer Kraft zu setzen, solange man die nötige Befugnis hatte.

»Kadett Data«, sagte Muti und sah den Androiden an, »würden Sie Commander Wiley nun bitte erklären, was Sie und Kadett Howard eben besprochen haben? Ich glaube, es ging um ein mögliches Virus in der Computersimulation?«

»Was? Ein Virus? Machen Sie sich doch nicht lächerlich!« höhnte Wiley. Er ließ den Stapel Bänder unsanft auf die Konsole fallen. »Wir haben Programme, die Viren automatisch aus den Programmen entfernen.«

»Das trifft zu«, sagte Data unbeeindruckt. »Aber wäre es Ihnen als versiertem Programmierer nicht möglich, ein Virus in eine Simulation einzuschleusen und es dann wieder zu entfernen?«

Wiley schnappte nach Luft und sah Muti an. »Wollen Sie mich etwa beschuldigen, meine eigenen Simulationen so mit einem Virus zu manipulieren, daß ... daß jemand verletzt wird ... und auch noch ausgerechnet einer meiner Studenten?«

Admiral Muti trat hinter die Konsole und baute sich vor dem Commander auf. »Ich schlage vor, daß wir diesem Rätsel endlich auf den Grund gehen«, erwiderte sie. »Und das wird nur möglich sein, wenn wir uns mit den materiellen Beweisen beschäftigen. Sie sollten sich besser noch einmal mit der fraglichen Simulation befassen.«

In diesem Augenblick öffnete sich zischend die Tür, und Kadett Stephen Cody betrat mit mehreren Simulationsaufzeichnungen den Raum. Er zögerte, als er die Gruppe bemerkte, und ging dann zu einer der Konsolen hinüber. Er drehte sich um und begann, die Bänder zu ordnen.

»Kadett Cody«, sagte Wiley streng. »Bringen Sie mir die Aufzeichnung von dem Tag, an dem Kadett Peterson verletzt wurde. Sie ist in dem Stapel von Aufzeichnungen, die ich heute aus dem Rechenzentrum geholt habe – da drüben, auf dem Tisch.« Stephen hörte mit dem Sortieren auf, rührte sich aber nicht. »Kadett Cody, ich habe Ihnen einen Befehl erteilt. Bringen Sie mir die Aufzeichnung.«

Stephen trat nervös auf der Stelle. »Sir, ich ... ich weiß nicht ...«

»Dann hole ich sie eben selbst«, fluchte Wiley, schob Stephen beiseite und ging die Bänder auf dem Tisch durch. Sekunden später zog er eine violette Hülle hervor. »Sir«, sagte er und reichte der Admiralin das Band.

»Nach Ihnen, Commander Wiley, bitte sehr«, sagte Muti und zeigte auf die Computerkonsole.

Wiley begab sich zur Konsole und schob das Band hinein. Er betätigte mehrere Sensorflächen, dann sagte er: »Computer.«

»Bereit.«

»Bitte analysiere die Aufzeichnung und beantworte folgende Fragen. Beinhaltet diese Diskette die Simulation aus der Unterrichtsstunde über medizinische Notfallsituationen von ...« Er zögerte.

»Von vor neunundzwanzig Komma drei Stunden, Sir«, warf Data ein.

»Ich danke Ihnen, Kadett Data.« Wiley nickte dem Androiden zu. »Computer, die Unterrichtsstunde von vor neunundzwanzig Komma drei Stunden.«

»Zutreffend.«

»Analysiere die Simulation des Raumschiffs *U.S.S. Gallant* beim Angriff eines romulanischen Bird-of-Prey«, befahl er. »Und die Simulation des Shuttles, das auf dem Weg nach Pella einen Asteroidengürtel durchfliegt«, fügte er mit einem Blick auf Beverly hinzu.

»Analysiere.«

»Sind die Simulationen fehlerfrei?«

Beverly hielt ihren Atem an.

»Bestätigung.«

Wiley lächelte Admiral Muti an und deutete vor Mrs. Oner eine Verbeugung an. »Meine Untersuchungen erzielten das gleiche Ergebnis. Die Aufzeichnung ist einwandfrei.«

»Ich glaube, Data hat noch Fragen«, sagte Mrs. Oner ruhig.

Data nickte. Er trat vor Wiley und sah Admiral Muti an. »Admiralin«, bat er, »Sie gestatten?«

»Natürlich, Kadett Data. Tun Sie, was Sie für richtig halten.«

»Computer, weisen die Simulationen irgendwelche Veränderungen auf?«

»Negativ.«

Wiley lächelte erneut. Data überlegte einen Moment. »Computer. Zeigt die Aufzeichnungen irgendwelche Datenspuren, die vom ursprünglichen Programm abweichen?«

»Analysiere. Zutreffend. Ein sekundäres Programm war zwischenzeitlich Bestandteil des Hauptprogramms. Datenreste wurden in den Sektoren drei, achtzehn und vierundneunzig gefunden. Die Simulationen wurden nicht beschädigt.«

Data wandte sich Admiral Muti zu. »Ein sekundäres Programm wäre ein virusartiges Programm. Sehen Sie, Admiral Muti, ganz gleich, was für eine Art Virus durch das System geschickt wird, es hinterläßt stets Spuren. Teile des Programmierkodes bleiben sozusagen zurück.«

»Ja«, sagte Beverly. »Der menschliche Körper verhält sich bei manchen Viren genauso. Wir haben Antikörper in uns, die bestimmte Viren bekämpfen, deshalb wirken wir gesund. Aber wir tragen trotzdem immer Spuren des Virus in uns. Das Windpockenvirus zum Beispiel. Wer die Krankheit einmal gehabt hat, wird das Virus nie wieder los, aber Antikörper halten es meistens unter Kontrolle.«

»Ein interessanter Vergleich, Kadett Howard«, lobte Data. »Nicht ganz unzutreffend.«

Eine Zeitlang sagte niemand etwas.

Beverly sah sich unter den Anwesenden um.

Ein *Virus* …

11

»Ich hab's«, flüsterte Beverly, ohne jemand damit direkt anzusprechen. »Admiral, ich erinnere mich jetzt, wo ich schon einmal jemanden über Computerviren sprechen gehört habe. Es war im Unterricht. Ethik der Medizin«, sagte sie und drehte sich nach dem Kadetten am anderen Ende des Raums um. »Es war Stephen Cody – Commander Wileys Assistent.«

Sie blickte Mrs. Oner an und sah, daß die ältere Frau nickte. Beverly stellte erschrocken fest, daß Mrs. Oner ihr übliches Lächeln abgelegt hatte.

Wiley war wie vom Donner gerührt. Er drehte sich mit vor Erstaunen offenem Mund langsam zu Stephen um.

Stephen schaute sich hektisch wie ein in die Enge getriebenes Tier um. »Sei nicht albern. Ich …«

Beverly zeigte auf Stephen. »Du hast doch gesagt, du möchtest daran arbeiten, Viren aus Computern zu entfernen. Du hast gesagt, daß du so etwas schon seit Jahren machst. Und wenn du sie entfernen kannst, kannst du sie bestimmt auch einschleusen.«

Mit einem Mal rannte Cody an Wiley und der Konsole vorbei zur Tür. Dabei kam er ziemlich nahe an Berverly vorbei. Ihre Reflexe waren gut, und er fiel hin, als sie ihm ein Bein stellte.

Data stand blitzartig neben ihr und hob Stephen unsanft auf die Beine. Der Kadett wehrte sich zuerst,

dann gab er auf. »Laß mich los«, knurrte Stephen und schüttelte Datas Griff ab. »Ich … ich bleibe hier.«

Wiley kam herbei, um Stephen anzusehen. »Stephen«, sagte er ruhig und neigte seinen Kopf zur Seite. »Warum?«

»Was soll das heißen … warum?« erwiderte er, das Gesicht zu einer zornigen Grimasse verzerrt. Er sah Admiral Muti an. »Ich wollte wirklich niemandem weh tun«, sagte er zu ihr, dann wandte er sich wieder Wiley zu. »Ich wollte nur, daß *Sie* Ärger bekommen. Und hoffentlich von Starfleet gefeuert werden.«

»Du wolltest, daß Starfleet mich feuert? Mich?« fragte Wiley.

»Ja, Sie«, antwortete er. Er sah Wiley direkt in die Augen. »In meiner Familie war jeder bei Starfleet. Mein Großvater, meine Eltern, meine Onkel und Tanten. Und meine Schwester hat sich nichts so sehnlich gewünscht, wie an der Medizinischen Fakultät von Starfleet aufgenommen zu werden. Jahrelang habe ich gehört, wie sie davon sprach. Und davon, Ärztin zu werden. Sie wollte anderen Kulturen helfen, Ärztin auf einem Starfleet-Raumschiff werden«, sagte er. Er schüttelte den Kopf, als er daran zurückdachte. »Aber sie hat es nicht geschafft. Und zwar nur wegen einer Person: wegen Max Wiley.«

Stephen lehnte sich an den nächsten Schreibtisch. Er hatte Muti und den anderen den Rücken zugedreht. »Beverly hatte recht«, fuhr er fort. »Ich habe ein bestimmtes Computervirus in die Simulation eingeschleust. Als Assistent des Commanders kannte ich all seine Termine. Und nach einiger Zeit hatte ich sogar seine Autorisierungskodes herausbekommen. Ich beschäftige mich seit Jahren mit Computerviren.

Da ich weiß, wie man sie aus einem Programm entfernt, weiß ich auch, wie man sie einschleust. Also habe ich ein maßgeschneidertes Virusprogramm schon lange vor dem Unterricht in den Computer eingegeben. Ich habe sogar einen Streit mit Imto Partigle provoziert, damit ich zu spät zum Unterricht komme. Nur, um zur allgemeinen Verwirrung beizutragen und zusätzlich von mir abzulenken.«

Ohne Stephen zu unterbrechen, nickte Beverly, um Admiral Muti zu bestätigen, daß er zu spät gekommen war.

»Es war ganz einfach für mich, das Virusprogramm jederzeit zu starten«, fuhr er dann fort. »Ich mußte nur ein paar Sensorflächen auf meiner Konsole berühren. Das Virusprogramm war so gestaltet, daß es einen holographischen Medo-Tricorder suchte. Als es einen gefunden hatte, brachte es ihn dazu, ein asynchrones, unsichtbares Feld zu erzeugen, das dem Untersuchten einen elektrischen Schlag versetzt. Ich habe es während Beverlys Simulation versucht, aber sie hatte den Tricorder nur auf eine holographische Gestalt gerichtet. Deshalb ist außer dem kleinen Schlag, den sie bekommen hat, nichts passiert. Und das reichte nicht aus, um Mißtrauen zu erregen. Ich rief das Virus zurück und entschied mich, es bei der Simulation des romulanischen Angriffs noch einmal zu versuchen.«

Beverly hörte weiter zu, wie er erklärte, daß er vorher nicht wissen konnte, welche Kadetten für die Simulation ausgewählt wurden, ihm das aber auch egal gewesen sei. Sie erschauerte, als ihr klar wurde, daß sie hätte schwer verletzt werden können, wenn sie für die schicksalhafte Simulation ausgewählt worden wäre. Sie sah, daß Claire erblaßte, als Stephen mit seinen Erklärungen fortfuhr.

»Ich hatte das Programm noch nie an jemandem ausprobiert, also wußte ich nicht genau, was passieren würde. Aber ich wollte niemanden wirklich gefährden. Ich dachte, die Dosis würde nur wie ein niedrig eingestellter Phaser wirken. Ich wußte nicht, daß Peter ernsthaft verletzt werden würde. Während der allgemeinen Verwirrung nach Peters Verletzung habe ich das Virus auf mein Band zurückgerufen, damit niemand es finden konnte. Als alle den Raum verlassen hatten, bin ich zurückgeblieben, um ganz sicher zu sein, daß bei einer Untersuchung auf keinen Fall auffallen würde, daß die Simulation manipuliert worden war – das dachte ich zumindest«, sagte er und zeigte auf Data. »Ich konnte ja nicht ahnen, daß Data auftauchen und Fragen stellen würde.«

»Ich bin keineswegs ›aufgetaucht‹, wie Sie es ausdrücken«, widersprach Data. »Kadett Howard hat die Möglichkeit erkannt. Ich habe lediglich die Fakten zur Verfügung gestellt.«

Als Data auf Beverly zeigte, drehte Stephen sich nach ihr um und schüttelte den Kopf. »Ich hätte es wissen sollen, daß eine zukünftige Weltraumdoktorin zu viele Fragen stellen wird. Warum konntest du dich nicht einfach raushalten?«

»Ich wollte nur ... ein paar Freunden helfen«, sagte Beverly ruhig.

Stephen ignorierte sie und sah wieder Wiley an. »Und alles deutete auf Sie hin«, betonte der Kadett. »Ich wußte, daß man Ihnen im Endeffekt die Schuld an den Unfällen geben würde. Schließlich muß der verantwortliche Professor dafür sorgen, daß die Kadettensimulationen ordnungsgemäß ablaufen.«

Wiley fuhr sich mit der Hand durch das kurze Haar. »Stephen«, sagte er, seine Stimme kaum mehr als ein Flüstern. »Deine Schwester war einfach noch nicht für Starfleet geeignet. Das kommt vor. Wir sehen immer wieder Bewerber, bei denen wir zur Ansicht kommen, daß sie noch nicht reif für Starfleet sind. Deine Schwester hat bei der Simulationsaufnahmeprüfung, die ich ihr gegeben habe, schlecht abgeschnitten. Deshalb habe ich davon abgeraten, sie zu diesem Zeitpunkt an der Akademie aufzunehmen.«

»Ja, aber die Simulation war nicht fair«, erwiderte Stephen. »Sie war in einem treibenden Shuttle. Woher soll sie denn wissen, wie man ein Shuttle wieder startet?«

»Wir haben gar nicht von ihr verlangt, den Shuttle wieder zu starten«, sagte Wiley. »Wir wollten sehen, wie sie in einer Notsituation reagiert. Selbst wenn sie nicht wußte, was man tun muß, sollte sie doch bestimmte Reaktionen zeigen. Aber wir ... ich fand, daß sie sich nicht so verhielt, wie man das von einem Kadetten erwarten kann. Das ist alles. Und, Stephen, sie kann es nächstes Jahr noch einmal versuchen.«

Stephen lächelte Wiley gezwungen an. »Das wird sie auch. Und wenn Sie weg vom Fenster wären, würde sie auch eine bessere Chance haben. Deshalb habe ich es getan.« Er ließ sich auf den nächstbesten Stuhl fallen, als sei er zu erschöpft, noch länger zu stehen.

Admiral Muti baute sich mit ernstem Gesicht vor Stephens Stuhl auf. Sie sah auf ihn herab, dann wandte sie sich kurz an Wiley und die drei Kadetten.

»Commander, Sie und die Kadetten können wegtreten.«

Beverly schaute sich noch einmal um, als die Tür sich zischend schloß. Sie sah, wie Stephen das Gesicht in den Händen vergrub. Mrs. Oner stand neben Admiral Muti. »Vielleicht gelingt es Ihrer Schwester nächstes Jahr, an der Akademie aufgenommen zu werden, vielleicht auch nicht«, sagte die Admiralin. »Aber falls sie es schafft, wird sie Sie hier nicht antreffen.«

Die drei Kadetten verließen wortlos das Holodeckgebäude, der Commander folgte ihnen kurz darauf. Beverly war froh, daß die Wahrheit endlich zutage gekommen war. Sie freute sich für Claire und Commander Wiley, aber es tat ihr leid, daß Stephen Cody sich als der Schuldige entpuppt hatte. Sie wußte, daß er die Gelegenheit, Starfleet-Offizier zu werden, damit verspielt hatte.

Beverly atmete tief durch, als sie nach draußen kamen. Die warme Brise, die vom Meer heranwehte, schien sie zu erfrischen.

»Ich werde jetzt in mein Zimmer zurückkehren, Beverly«, sagte Data. »Ich bin froh, daß sich alles geklärt hat.«

»Ich auch, Data«, antwortete sie. Sie nahm Datas Hand und drückte sie kurz. Er neigte den Kopf, und einen kurzen Moment lang glaubte Beverly, so etwas wie Überraschung auf seinem Gesicht zu sehen. Offensichtlich war er freundliches Händeschütteln nicht gewohnt. »Ich kann Ihnen gar nicht genug für Ihre Hilfe danken, Data. Ich hätte es ohne Sie nicht geschafft.«

Der Androide nickte Beverly kurz zu. »Gestatten Sie mir die Bemerkung, daß auch Sie einen hervorragenden Detektiv abgeben würden. Sie haben die Entschlossenheit, Antworten auch auf schwierige Fragen zu finden. Ich habe herausgefunden, daß diese Eigenschaft auch hervorragende Ärzte auszeichnet – und Starfleet-Offiziere.«

Beverly lächelte ihn an und straffte die Schultern. »Vielen Dank, Kadett Data. Ich hoffe, daß wir uns wiedersehen.«

Er nickte Claire und Commander Wiley zu, dann verließ er sie.

»Ich muß mich bei Ihnen entschuldigen«, erklang Commander Wileys Stimme hinter den Kadetten. »Kadett Howard, ich habe Ihnen nicht geglaubt, daß Sie einen elektrischen Schlag abbekommen haben. Und Kadett Voy, ich dachte wirklich, daß Ihnen bei der Simulation ein Fehler unterlaufen ist. Ich hatte keine Ahnung, daß mein eigener Assistent das Problem verursacht hat. Ich glaube, ich war von meinen eigenen Problemen geblendet.«

Claire lächelte den Commander an und hielt ihm ihre Hand hin. »Ich bin nur froh, daß wir diese Sache klären konnten«, sagte sie und schüttelte Wileys ausgestreckte Hand. Beverly tat es ihr nach.

Er zögerte einen Moment. »Darf ich fragen, warum Sie so leidenschaftlich nach dem Schuldigen gesucht haben?«

Beverly lächelte. Sie war erleichtert, die Wahrheit sagen zu können. »Ich wußte, daß Claire unschuldig war. Und ich glaubte auch nicht, daß Sie schuldig waren. Ich weiß, wie sehr Sie Starfleet lieben. Das ist mir in Ihrem Unterricht klar geworden. Ich konnte mir beim besten Willen nicht vorstellen, daß Sie irgend etwas tun würden, was Ihre Zukunft bei Starfleet in Frage stellen würde.« Und in Gedanken fügte sie hinzu: *Und wenn irgend etwas auf mich abfärbt, dann hoffentlich diese Art von Hingabe für das, was ich tue.*

Es war das erste Mal, daß Beverly Wiley lächeln sah. Sie fand, daß es ihm gut stand, und hoffte, es noch öfter zu sehen. »Vielen Dank, Kadett Howard«, erwiderte er. »Ich liebe Starfleet wirklich sehr. Doch Stephen Cody tat das auch.«

»Aber ich glaube, er liebte den Traum seiner Schwester, Ärztin zu werden, noch mehr«, erwiderte Beverly.

Es war früh am Abend, als Admiral Muti Beverly und Claire in ihr Büro bat. Wiley war auch da, stand aufrecht an einer Wand und zeigte ein breites Lächeln.

»... und ich habe diesen beiden Kadetten zu danken, und auch Kadett Data«, sagte er gerade. »Admiral, ich ziehe hiermit persönlich alle Beschwerden gegen diese beiden Kadetten zurück.«

»Sehen Sie es als erledigt an«, erwiderte Muti. »Commander, die Untersuchung ist abgeschlossen. Sie können zu Ihren gewohnten Pflichten zurückkehren. Und Sie haben viel zu tun: Sie müssen Ersatz für Kadett Cody finden.«

Wileys Mundwinkel fielen kurz herab, dann lächelte er sofort wieder. »Ich weiß genau den Richtigen. Besser gesagt, die Richtigen«, sagte er und sah die Kadetten an. »Kadett Howard, Kadett Voy, Ihre Gründlichkeit und ihr ausgeprägter Sinn für Logik haben mich sehr beeindruckt. Ich möchte Sie bitten, meine neuen Assistenten für Holodecksimulationen zu werden. Ich könnte zwei herausragende Kadetten wie Sie gut gebrauchen.« Wiley sah Muti wieder an. »Mir ist natürlich klar, daß diese Position eigentlich für Kadetten im zweiten Jahr vorgesehen ist, aber ich möchte Sie, Admiral Muti, in diesem besonderen Fall um eine Sondergenehmigung bitten.«

»Genehmigung erteilt, Commander.«

Beverly fragte sich, ob auch Claires Kinnlade bis auf den Boden hing. Sie murmelten beide ihren Dank und fragten, ob sie Bedenkzeit haben könnten.

»Ja, bitte denken Sie darüber nach. Sie beide. Wenn Sie erlauben, Admiral Muti?« Die Admiralin nickte. »Kadetten? Wir sehen uns beim Unterricht.« Er lächelte noch immer, als er das Büro verließ.

Admiral Muti bat Beverly und Claire, sich neben sie an das Fenster zu setzen, das einen Blick auf die Golden Gate Bridge bot. »Ihre Bewährungsstrafen sind offiziell aufgehoben«, sagte sie und lehnte sich zurück. Die Sonne ging gerade unter. Sie sahen zu, wie die letzten Sonnenstrahlen den Raum in gelbes und orangefarbenes Licht tauchten. Die Farben spielten auf der schimmernden Kunstharfe von Niriad an der Wand. Beverly fühlte sich entspannt und müde zugleich. In der nächsten Stunde sprachen die Admiralin und die Kadetten über das Leben, Starfleet und Gott und die Welt. Es war einfach nur schön hierzusein.

12

»Autsch!« Beverly sprang zurück, als der Brei in dem Topf spritzte und blubberte. Sie beugte sich hinab, um die Flamme an dem alten Küchenherd kleiner zu stellen. Der Brei beruhigte sich etwas, so daß sie darin rühren konnte. Es war ihre eigene Kreation – frei nach einem Frühstücksrezept ihrer Großmutter, an das sie sich aus ihrer Kindheit erinnerte.

Sie atmete tief ein, als sie plötzlich der Geruch von Schokolade umgab. Claire nahm einen Schokoladenkuchen aus dem Ofen und stellte ihn zum Abkühlen auf einen Tisch. Mrs. Oner saß an einem Tisch und plauderte mit den beiden arbeitenden Kadetten.

Nach einer so anstrengenden Woche war Beverly froh über die Ablenkung.

»Jetzt kommt eine ganz besondere Leckerei für euch«, sagte Beverly und trug den Topf zum Küchentisch. Sie verteilte den Brei auf drei Schüsseln. »Das ist original – na ja, fast original – schottischer Porridge mit allem, was dazugehört.«

»Ach ja?« erwiderte Claire. Sie rümpfte die Nase, als sie an ihrer Schüssel roch. »Was gehört denn, bitte schön, alles dazu?«

»Etwas, das meine Großmutter immer in den Porridge tat. Ach, tut mir einfach den Gefallen und probiert es«, sagte Beverly und tauchte einen Löffel in ihre Schüssel. Sie nahm einen Bissen, schluckte ihn herunter und lächelte. »Nah dran ... wirklich fast so, wie er bei Großmutter immer geschmeckt hat.«

Claires Augen weiteten sich, als sie den Porridge kostete. »He, Bev, gar nicht so schlecht. Wo wir gerade von deiner Großmutter sprechen ... hast du ihr schon von deinen Abenteuern an der Akademie erzählt?«

Beverly lächelte, als sie daran zurückdachte. »Ja. Sie hat nur geschmunzelt und geantwortet: ›Ich habe dir doch gesagt, daß die Starfleet-Akademie genau richtig für dich ist. Und Heimweh hast du, wie ich sehe, auch nicht mehr.‹ Sie kennt mich eben.«

»Ach, Beverly, und ob sie Sie kennt«, sagte Mrs. Oner. »Und während wir dein köstliches Frühstück genießen, möchte Claire uns wohl etwas sagen.« Sie warf Claire einen Blick zu.

Das Mädchen seufzte und senkte den Blick, während es in dem Porridge rührte. »Ich habe Commander Wiley gesagt, daß ich nicht seine Assistentin werden möchte.«

»Ich auch«, fügte Beverly hinzu. »Mir reichen die Holodeckabenteuer erst einmal. Ich habe ihm erklärt, daß ich mich lieber auf mein Medizinstudium konzentriere. Außerdem möchte ich nächstes Semester ein paar zusätzliche Kurse belegen. Aber ich habe ihm vorgeschlagen, sich Dewley Breechs Akte einmal anzuschauen. Der wäre ein großartiger Computerassistent.«

Claire nickte. »Äh, Beverly ... ich habe mich auch noch zu etwas anderem entschlossen.«

Beverly hielt den Atem an. Claire nannte sie sonst nie ›Beverly‹.

»Ich verlasse die Medizinische Fakultät von Starfleet«, sagte Claire und sah ihre Zimmergenossin an.

»Aber ...«

»Nein«, unterbrach sie Beverly und hob eine Hand. »Ich habe sehr lange und gut darüber nachgedacht. Meine Entscheidung steht fest.«

Beverlys Löffel klapperte laut, als sie ihn in die Schüssel fallen ließ. Sie hatte auf einmal keinen Hunger mehr. Sie wußte, daß Claire immer noch unzufrieden mit ihrem Verhalten bei der schicksalhaften Simulation war. Aber sie dachte, ihre Zimmergenossin würde sich besser fühlen, nachdem das Geheimnis aufgeklärt war. Warum hatte sie diese Entscheidung getroffen? »Nur wegen der Sache mit Max Wiley?« fragte sie.

»Nein, nicht nur deshalb. Ich habe das Gefühl, daß die Medizinische Fakultät ... und Starfleet im allgemeinen ... für mich zu sehr auf Konkurrenz ausgerichtet ist. Der Druck ist zu groß für mich. Ich habe einfach keine Lust mehr dazu.«

»Aber du bist eine der besten Studentinnen ...«, begann sie, dann zögerte sie. »O nein. Willst du etwa Tennisprofi werden?«

Claire lachte. »Nein, Bev. Ich habe meinen Schläger lange genug geschwungen. Und denk bloß nicht, daß ich vollständig aufgegeben habe«, erklärte sie weiter. »Ich habe mich für ein besonderes Programm eingeschrieben. Es bietet Leuten in unserem Alter die Gelegenheit, im medizinischen Bereich auf einem bestimmten Planeten zu arbeiten und dort eine Ausbildung zu machen.« Sie strahlte Mrs. Oner an. »Und ich bin ausgewählt worden, auf Mrs. Oners Planeten ausgebildet zu werden, auf Muldan.«

»Wie bitte?«

»Ach, Beverly«, sagte die Muldanierin und lächelte Beverly an. »Sie wissen es ja gar nicht. Hier nennt man mich ›Mrs. Oner‹ und ›Botschafterin‹, aber zu Hause auch ›Doktor‹ und ›Heilerin‹. Meine empathischen und telepathischen Kräfte helfen mir, die zu verstehen, die ich heile.«

»Aber Claire hat solche Fähigkeiten doch nicht«, sagte Beverly.

»Das stimmt. Aber sie wird alles über Kräuter, Gewürze und Heilmittel lernen, mit denen sie Leidenden helfen kann«, antwortete Mrs. Oner. »Sie wird gut zurechtkommen.«

Claire lachte. »Mrs. Oner hat großes Vertrauen in mich. Aber sie hat mir auch eine Liste mit muldanischen Pflanzen gezeigt. Mein größtes Problem wird sein, die Namen richtig auszusprechen.«

Beverly lachte nicht mit ihnen. Sie zweifelte nicht daran, daß ihre Mitbewohnerin auf Muldan gut zurechtkommen würde. Aber der Gedanke an Claires Abreise – insbesondere nach allem, was sie zusammen durchgemacht hatten – schmerzte sie zu sehr. Beverly war mehr als je zuvor entschlossen, an der Akademie zu bleiben und Ärztin bei Starfleet zu werden. Aus irgendeinem Grund hatte sie angenommen, daß Claire genauso empfand.

»He, Bev, es ist wirklich in Ordnung«, sagte Claire und legte ihre Hand auf Beverlys. »Ich will noch immer Ärztin werden, aber ich habe mich entschlossen, einen anderen Weg einzuschlagen, um ans Ziel zu kommen. Und es sieht so aus, als ob du mein erster Patient bist. Wie wäre es mit einer schönen Tasse Zitronentee – selbstgemacht, nicht aus dem Replikator?«

Das Schleppen schwerer Koffer hatte noch nie zu Beverlys Lieblingsbeschäftigungen gehört. Und jetzt half sie Claire, zwei Taschen zu Mrs. Oners Café zu tragen, da ihr Flug zur Starbase 515 und von da aus weiter nach Muldan kurz bevorstand. Sie seufzte, als sie das ›Geschlossen‹-Schild in der Tür hängen sah. Sie wußte, daß es jetzt dauerhaft dort hängen würde.

Im Inneren waren mehrere Kisten aufgestapelt, und an einer Wand im hinteren Teil des Cafés stand eine Reihe großer Metallbehälter. Die Tische und Stühle waren noch da, genau wie der alte Herd in der Ecke der Küche. Beverly fragte sich, wer hier wohnen würde – und wer wohl Mrs. Oner ersetzen könnte.

Als Claire sich in die Küche begab, ging Beverly zu Mrs. Oner in der hinteren Ecke des Cafés. Sie sah ihr verwirrt dabei zu, wie sie sorgfältig mehrere eigentümlich geformte Skulpturen in Füllmaterial einwickelte, um sie dann in Metallkisten zu verpacken. Die Muldanierin sah von ihrer Arbeit auf, als Beverly näher kam. »Ach, das sind uralte afrikanische Skulpturen aus Okoume-Holz, Beverly. Sie sind von Admiral Muti. Ein Abschiedsgeschenk, hat sie gesagt. Aber ich werde sie wiedersehen.«

»Woher wissen Sie das?« fragte Beverly und neigte den Kopf zur Seite.

»Ich weiß es.«

»Mrs. Oner«, fragte Beverly und kniete sich neben die ältere Frau, die weiter packte, »wie ist es eigentlich wirklich, Ärztin zu sein?«

Mrs. Oner hörte auf zu packen und zögerte. »Es ist schwierig und schön«, antwortete sie, dann setzte sie ihre Arbeit fort. »Man muß einem Patienten, der einem anvertraut wurde, auch dann helfen, wenn er schwierig ist. Man muß ihm auch dann helfen, wenn man nicht einer Meinung mit ihm ist.« Sie verschloß den Deckel der Metallkiste.

»Das habe ich in dieser Woche auch lernen müssen«, stellte Beverly fest.

»Dann gibt es noch das Problem, einen Patienten zu behandeln, zu dem man eine persönliche Beziehung hat«, fuhr Mrs. Oner fort. »Und man muß lernen, in Notsituationen ausgeglichen zu bleiben, sich auf den Patienten zu konzentrieren.«

Beverly seufzte. »Manchmal bezweifle ich, daß ich es schaffe.«

»Ach, Beverly«, sagte sie und sah die jüngere Frau aus funkelnden Augen an. »Das ist gerade das Schöne daran, Arzt zu sein. Die Herausforderung, ein Leben zu retten – und dabei alle Hindernisse zu überwinden, die einem in den Weg gelegt werden.«

Beverly beugte sich herab und nahm Mrs. Oner in den Arm. »Ich werde Sie wirklich vermissen. Und wissen Sie was?« fragte sie. »Ich habe fast überhaupt kein Heimweh mehr.«

Ihre Unterhaltung wurde von einem Klopfen an der Eingangstür unterbrochen. Beverly konnte draußen Schritte und viele Stimmen hören.

»Mrs. Oner« fragte jemand, als die Tür sich öffnete und Gren Edut seinen Kopf hereinsteckte. Hinter ihm drängten sich Imto Partigle, Dewley Breech und T'Kavar in das Café. »Ach, willkommen, Kadetten Gren, Imto, Dewley und T'Kavar«, sagte Mrs. Oner, stand auf und ging auf die Kadetten zu. »Ich bin froh, daß ihr meine Botschaft erhalten habt. Ich habe noch nicht alles eingepackt. Ich wollte für euch alle ein Abendessen kochen, als Dank dafür, daß ihr Beverly

und Claire bei der Suche nach der Wahrheit unterstützt habt. Und natürlich, um Claires Zukunft als Ärztin auf Muldan zu feiern.«

Sie bat die Kadetten, sich an den größten Tisch im Café zu setzen. Beverly saß Claire gegenüber. »Ich kann nicht behaupten, daß ich froh bin, daß du gehst«, sagte sie. »Aber ich verstehe dich wirklich. Wir alle müssen unseren eigenen Weg gehen.« Sie lächelte ihre Zimmergenossin an und hob die Teetasse. »Auf das Leben einer Ärztin.«

Claire erwiderte das Lächeln und hob gleichfalls ihre Tasse. »Mögen wir nie aufhören zu heilen. Weder andere noch uns selbst.«

Schon bald war der Raum voller Gelächter und Unterhaltungen. Beverly warf einen Blick in die Küche, wo Mrs. Oner gerade den ersten Teller von einem Stapel nahm und etwas aus einem Topf auf dem Herd darauf löffelte.

»Und, Bev«, sagte Claire, während die ältere Frau aus der Küche kam und den Teller vor Beverly stellte, »habe ich dir eigentlich schon einmal gesagt, daß Mrs. Oner das beste Essen in der ganzen Galaxis macht?«

Beverlys Grinsen wurde breiter, als sie plötzlich von einem wunderbaren Duft umgeben war. Vor ihr stand ein perfekter Teller Gringle Dash.

STAR TREK™

in der Reihe
HEYNE SCIENCE FICTION & FANTASY

STAR TREK: CLASSIC SERIE
Vonda N. McIntyre, Star Trek II: Der Zorn des Khan · 06/3971
Vonda N. McIntyre, Der Entropie-Effekt · 06/3988
Robert E. Vardeman, Das Klingonen-Gambit · 06/4035
Lee Correy, Hort des Lebens · 06/4083
Vonda N. McIntyre, Star Trek III: Auf der Suche nach Mr. Spock · 06/4181
S. M. Murdock, Das Netz der Romulaner · 06/4209
Sonni Cooper, Schwarzes Feuer · 06/4270
Robert E. Vardeman, Meuterei auf der Enterprise · 06/4285
Howard Weinstein, Die Macht der Krone · 06/4342
Sondra Marshak & Myrna Culbreath, Das Prometheus-Projekt · 06/4379
Sondra Marshak & Myrna Culbreath, Tödliches Dreieck · 06/4411
A. C. Crispin, Sohn der Vergangenheit · 06/4431
Diane Duane, Der verwundete Himmel · 06/4458
David Dvorkin, Die Trellisane-Konfrontation · 06/4474
Vonda N. McIntyre, Star Trek IV: Zurück in die Gegenwart · 06/4486
Greg Bear, Corona · 06/4499
John M. Ford, Der letzte Schachzug · 06/4528
Diane Duane, Der Feind – mein Verbündeter · 06/4535
Melinda Snodgrass, Die Tränen der Sänger · 06/4551
Jean Lorrah, Mord an der Vulkan Akademie · 06/4568
Janet Kagan, Uhuras Lied · 06/4605
Laurence Yep, Herr der Schatten · 06/4627
Barbara Hambly, Ishmael · 06/4662
J. M. Dillard, Star Trek V: Am Rande des Universums · 06/4682
Della van Hise, Zeit zu töten · 06/4698
Margaret Wander Bonanno, Geiseln für den Frieden · 06/4724
Majliss Larson, Das Faustpfand der Klingonen · 06/4741
J. M. Dillard, Bewußtseinsschatten · 06/4762
Brad Ferguson, Krise auf Centaurus · 06/4776
Diane Carey, Das Schlachtschiff · 06/4804
J. M. Dillard, Dämonen · 06/4819
Diane Duane, Spocks Welt · 06/4830
Diane Carey, Der Verräter · 06/4848
Gene DeWeese, Zwischen den Fronten · 06/4862
J. M. Dillard, Die verlorenen Jahre · 06/4869
Howard Weinstein, Akkalla · 06/4879
Carmen Carter, McCoys Träume · 06/4898
Diane Duane & Peter Norwood, Die Romulaner · 06/4907

STAR TREK™

John M. Ford, Was kostet dieser Planet? · 06/4922
J. M. Dillard, Blutdurst · 06/4929
Gene Roddenberry, Star Trek I: Der Film · 06/4942
J. M. Dillard, Star Trek VI: Das unentdeckte Land · 06/4943
Jean Lorrah, Die UMUK-Seuche · 06/4949
A. C. Crispin, Zeit für gestern · 06/4969
David Dvorkin, Die Zeitfalle · 06/4996
Barbara Paul, Das Drei-Minuten-Universum · 06/5005
Judith & Garfield Reeves-Stevens, Das Zentralgehirn · 06/5015
Gene DeWeese, Nexus · 06/5019
D. C. Fontana, Vulkans Ruhm · 06/5043
Judith & Garfield Reeves-Stevens, Die erste Direktive · 06/5051
Michael Jan Friedman, Das Doppelgänger-Komplott · 06/5067
Judy Klass, Der Boaco-Zwischenfall · 06/5086
Julia Ecklar, Kobayashi Maru · 06/5103
Peter Norwood, Angriff auf Dekkanar · 06/5147
Carolyn Clowes, Das Pandora-Prinzip · 06/5167
Michael Jan Friedman, Schatten auf der Sonne · 06/5179
Diana Duane, Die Befehle des Doktors · 06/5247
V. E. Mitchell, Der unsichtbare Gegner · 06/5248
Dana Kramer-Rolls, Der Prüfstein ihrer Vergangenheit · 06/5273
Barbara Hambly, Der Kampf ums nackte Überleben · 06/5334
Brad Ferguson, Eine Flagge voller Sterne · 06/5349
J. M. Dillard, Star Trek VII: Generationen · 06/5360
Gene DeWeese, Die Kolonie der Abtrünnigen · 06/5375
Michael Jan Friedman, Späte Rache · 06/5412
Peter David, Der Riß im Kontinuum · 06/5464
Michael Jan Friedman, Gesichter aus Feuer · 06/5465
Peter David/Michael Jan Friedman/Robert Greenberger, Die Enterbten · 06/5466
L. A. Graf, Die Eisfalle · 06/5467
John Vornholt, Zuflucht · 06/5468
L. A. Graf, Der Saboteur · 06/5469
Melissa Crandall, Die Geisterstation · 06/5470
Mel Gilden, Die Raumschiff-Falle · 06/5471
V. E. Mitchell, Tore auf einer toten Welt · 06/5472
Victor Milan, Aus Okeanos Tiefen · 06/5473
Diane Carey, Das große Raumschiff-Rennen · 06/5474
Diane Carey, Kirks Bestimmung · 06/5476
L. A. Graf, Feuersturm · 06/5477
A. C. Crispin, Sarek · 06/5478

STAR TREK™

Simon Hawke, Die Terroristen von Patria · 06/5479
Barbara Hambly, Kreuzwege · 06/5681
L. A. Graf, Ein Sumpf von Intrigen · 06/5682
Howard Weinstein, McCoys Tochter · 06/5683
J. M. Dillard, Sabotage · 06/5685
Diane Carey/Dr. James I. Kirkland, Keine Spur von Menschen · 06/5687
Peter David, Die Tochter des Captain · 06/5691
Dean Wesley Smith/Kristine Kathryn Rusch, Die Ringe von Tautee · 06/5693
Diane Carey, Invasion – 1: Der Erstschlag · 06/5694

STAR TREK: THE NEXT GENERATION
David Gerrold, Mission Farpoint · 06/4589
Gene DeWeese, Die Friedenswächter · 06/4646
Carmen Carter, Die Kinder von Hamlin · 06/4685
Jean Lorrah, Überlebende · 06/4705
Peter David, Planet der Waffen · 06/4733
Diane Carey, Gespensterschiff · 06/4757
Howard Weinstein, Macht Hunger · 06/4771
John Vornholt, Masken · 06/4787
David & Daniel Dvorkin, Die Ehre des Captain · 06/4793
Michael Jan Friedman, Ein Ruf in die Dunkelheit · 06/4814
Peter David, Eine Hölle namens Paradies · 06/4837
Jean Lorrah, Metamorphose · 06/4856
Keith Sharee, Gullivers Flüchtlinge · 06/4889
Carmen Carter u. a., Planet des Untergangs · 06/4899
A. C. Crispin, Die Augen der Betrachter · 06/4914
Howard Weinstein, Im Exil · 06/4937
Michael Jan Friedman, Das verschwundene Juwel · 06/4958
John Vornholt, Kontamination · 06/4986
Mel Gilden, Baldwins Entdeckungen · 06/5024
Peter David, Vendetta · 06/5057
Peter David, Eine Lektion in Liebe · 06/5077
Howard Weinstein, Die Macht der Former · 06/5096
Michael Jan Friedman, Wieder vereint · 06/5142
T. L. Mancour, Spartacus · 06/5158
Bill McCay/Eloise Flood, Ketten der Gewalt · 06/5242
V. E. Mitchell, Die Jarada · 06/5279
John Vornholt, Kriegstrommeln · 06/5312
David Bischoff, Die Epidemie · 06/5356
Peter David, Imzadi · 06/5357

STAR TREK™

Laurell K. Hamilton, Nacht über Oriana · 06/5342
Simon Hawke, Die Beute der Romulaner · 06/5413
Rebecca Neason, Der Kronprinz · 06/5414
John Peel, Drachenjäger · 06/5415
Diane Carey, Abstieg · 06/5416
Diane Duane, Dunkler Spiegel · 06/5417
Jeri Taylor, Die Zusammenkunft · 06/5418
Michael Jan Friedman, Relikte · 06/5419
Susan Wright, Der Mörder des Sli · 06/5438
W. R. Thomson, Planet der Schuldner · 06/5439
Michael Jan Friedman & Kevin Ryan, Requiem · 06/5442
Dafydd ab Hugh, Gleichgewicht der Kräfte · 06/5443
Michael Jan Friedman, Die Verurteilung · 06/5444
Simon Hawke, Die Rückkehr der Despoten · 06/5446
Robert Greenberger, Die Strategie der Romulaner · 06/5447
Gene DeWeese, Im Staubnebel verschwunden · 06/5448
Brad Ferguson, Das letzte Aufgebot · 06/5449
Kij Johnson/Greg Cox, Die Ehre des Drachen · 06/5751
J. M. Dillard/Kathleen O'Malley, Wahnsinn · 06/5753
Dean Wesley Smith/Kristine Kathryn Rusch,
Invasion – 2: Soldaten des Schreckens · 06/5754
J. M. Dillard, Star Trek VIII: Der erste Kontakt · 06/5757
J. M. Dillard, Star Trek IX: Der Aufstand · 06/5770

STAR TREK: DIE ANFÄNGE
Vonda N. McIntyre, Die erste Mission · 06/4619
Margaret Wander Bonanno, Fremde vom Himmel · 06/4669
Diane Carey, Die letzte Grenze · 06/4714

STAR TREK: DEEP SPACE NINE
J. M. Dillard, Botschafter · 06/5115
Peter David, Die Belagerung · 06/5129
K. W. Jeter, Die Station der Cardassianer · 06/5130
Sandy Schofield, Das große Spiel · 06/5187
Dafydd ab Hugh, Gefallene Helden · 06/5322
Lois Tilton, Verrat · 06/5323
Esther Friesner, Kriegskind · 06/5430
John Vornholt, Antimaterie · 06/5431
Diane Carey, Die Suche · 06/5432
Melissa Scott, Der Pirat · 06/5434
Nathan Archer, Walhalla · 06/5512

STAR TREK™

Greg Cox/John Gregory Betancourt, Der Teufel im Himmel · 06/5513
Robert Sheckley, Das Spiel der Laertianer · 06/5514
Diane Carey, Der Weg des Kriegers · 06/5515
Diane Carey, Die Katakombe · 06/5516
Dean Wesley Smith/Kristine Kathryn Rusch, Die lange Nacht · 06/5517
L. A. Graf, Invasion – 3: Der Feind der Zeit · 06/5519

STAR TREK: STARFLEET KADETTEN
John Vornholt, Generationen · 06/6501
Peter David, Worfs erstes Abenteuer · 06/6502
Peter David, Mission auf Dantar · 06/6503
Peter David, Überleben · 06/6504
Brad Strickland, Das Sternengespenst · 06/6505
Brad Strickland, In den Wüsten von Bajor · 06/6506
John Peel, Freiheitskämpfer · 06/6507
Mel Gilden & Ted Pedersen, Das Schoßtierchen · 06/6508
John Vornholt, Erobert die Flagge! · 06/6509
V. E. Mitchell, Die Atlantis Station · 06/6510
Michael Jan Friedman, Die verschwundene Besatzung · 06/6511
Michael Jan Friedman, Das Echsenvolk · 06/6512
Diane G. Gallagher, Arcade · 06/6513
John Peel, Ein Trip durch das Wurmloch · 06/6514
Brad & Barbara Strickland, Kadett Jean-Luc Picard · 06/6515
Brad & Barbara Strickland, Picards erstes Kommando · 06/6516
Ted Pedersen, Zigeunerwelt · 06/6517
Patricia Barnes-Svarney, Loyalitäten · 06/6518

STAR TREK: VOYAGER
L. A. Graf, Der Beschützer · 06/5401
Dean Wesley Smith/Kristine Kathryn Rusch, Die Flucht · 06/5402
Nathan Archer, Ragnarök · 06/5403
Susan Wright, Verletzungen · 06/5404
John Betancourt, Der Arbuk-Zwischenfall · 06/5405
Christie Golden, Die ermordete Sonne · 06/5406
Mark A. Garland/Charles G. McGraw, Geisterhafte Visionen · 06/5407
S. N. Lewitt, Cybersong · 06/5408
Dafydd ab Hugh, Invasion – 4: Die Raserei des Endes · 06/5409
Karen Haber, Segnet die Tiere · 06/5410
Jeri Taylor, Mosaik · 06/5811
Melissa Scott, Der Garten · 06/5812
David Niall Wilson, Puppen · 06/5813

STAR TREK™

DAS STAR TREK-UNIVERSUM, 2 Bde.,
von *Ralph Sander* · 06/5150
DAS STAR TREK-UNIVERSUM, 1. Ergänzungsband
von *Ralph Sander* · 06/5151
DAS STAR TREK-UNIVERSUM, 2. Ergänzungsband
von *Ralph Sander* · 06/5270

Ralph Sander, Star Trek Timer 1996 · 06/1996
Ralph Sander, Star Trek Timer 1997 · 06/1997
Ralph Sander, Star Trek Timer 1998 · 06/1998
Ralph Sander, Star Trek Timer 1999 · 06/1999

William Shatner/Chris Kreski, Star Trek Erinnerungen · 06/5188
William Shatner/Chris Kreski, Star Trek Erinnerungen: Die Filme · 06/5450

Phil Farrand, Cap'n Beckmessers Führer durch STAR TREK – DIE CLASSIC SERIE · 06/5451
Phil Farrand, Cap'n Beckmessers Führer durch STAR TREK – DIE NÄCHSTE GENERATION · 06/5199
Phil Farrand, Cap'n Beckmessers Führer durch STAR TREK – DIE NÄCHSTE GENERATION – Teil 2 · 06/6457

David Alexander, Gene Roddenberry – Die autorisierte Biographie · 06/5544
Judith & Garfield Reeves-Stevens, Star Trek Design · 06/5545
Nichelle Nichols, Nicht nur Uhura · 06/5547
Leonard Nimoy, Ich bin Spock · 06/5548
Lawrence M. Krauss, Die Physik von Star Trek · 06/5549
Judith & Garfield Reeves-Stevens, Star Trek – Deep Space Nine: Die Realisierung einer Idee · 06/5550
Herbert F. Solow & Yvonne Fern Solow, Star Trek: Das Skizzenbuch – Die Classic-Serie · 06/6469
Judith & Garfield Reeves-Stevens, Star Trek – Phase II: Die verlorene Generation · 06/6470
Herbert F. Solow/Robert H. Justman, Star Trek – Die wahre Geschichte · 06/6499
J. M. Dillard, Star Trek: Wo bisher noch niemand gewesen ist · 06/6500

Diese Liste ist eine Bibliographie erschienener Titel,
KEIN VERZEICHNIS LIEFERBARER BÜCHER!